이십원

쁘로젝뜨

미 친 밤 람

이십원
쁘로젝뜨
미 친 방 랑

글 문정수 김광섭 사진 이정수

북하우스

청춘의 땅

비가 와도
젖지 않는 땅

무엇이든
그릴 수 있는 백지하늘

"여보소~
그 기~맥힌 곳에 서 있는 주인장 누구요?"

나요?

청춘이로소이다.

버선 신기

　뜨거운 태양빛이 작렬하는 지난 여름, '이십원 쁘로젝뜨: 미친방랑'
을 다녀왔습니다. 달랑 20원 들고 서울 홍대 정문에서 출발해 16박
17일 만에 부산에 도착했습니다. 그리고 그 이야기가 책으로 나오게
되었습니다. 20원으로 시작해서 어느새 여기까지 왔습니다.

　아직도 세상이 뭔지 삶이 뭔지 제대로 알고 있다고 생각하지는 않
습니다. 하지만 방랑길을 걸으며 우리가 느낀 세상에 대해서 사람들
과 나누고 싶었습니다. 그럴 만한 가치가 있을 거라고 생각했습니다.

　사람들은 누구나 행복해지길 원합니다. 행복해지기 위해서 우리가
해야 할 일은 '내가 하고 싶은 것을 하는 것'입니다. 물을 마시고 싶으
면 물을 마시고, 산을 오르고 싶으면 산을 오르면 됩니다. 방종하지
않는 자유로움으로 타자로부터가 아닌 자신의 내면으로부터 하고 싶
은 것을 행동으로 실천하면 된다고 믿고 있습니다.

언제부턴가 우리 사회의 청춘들은 꿈과 희망을 향해 즐겁게 달려가는 것이 아니라, 꿈과 희망에 다가가야 한다는 채찍질에 정신없이 달리고 있는 것처럼 보입니다. 자신이 하고 싶은 일은 돈, 인맥, 스펙 등이 없어서 시작조차 할 수 없다고 생각하기도 합니다. 어느샌가 청춘들은 (타인이 세워놓은) 불가능을 (자신의 노력으로) 가능으로 바꿔보려는 시도조차 하지 못하게 되었습니다.

하고 싶은 것을 하는 것에는 오직 내가 스스로 그것을 해보는 것 외에는 아무것도 필요하지 않습니다. 청춘이라면 기꺼이 내가 하고 싶은 일에 도전해볼 만한 열정이 가슴속에 타오르고 있을 것입니다. 다만 그 열정은 해바라기와 같아서 끊임없이 바라봐주지 않으면 시들어버리나 봅니다.

앞으로 펼쳐질 우리들의 미친방랑 이야기가 부디 여러분의 마음에 닿았으면 합니다. 그래서 여러분의 가슴속에 시들어 있던 청춘의 열정을 다시 바라볼 수 있는 기회가 되었으면 좋겠습니다.

자, 그럼 이제 버선을 신어볼까요?

2015년 가을
김방랑 김광섭

아이가 갖는 '무엇을 하고 싶다'는 순수한 자유 욕망은 어른이 되면서 '무엇이 되어야 한다'는 결정된 족쇄 욕망이 되었습니다.

어린 시절부터 배우의 꿈을 꾸어왔던 저에겐 가장 멋진 친구들이 있었습니다. 돈이 없고 삶이 힘들어도 항상 힘을 주고 나를 순박하게 응원해주던 마음속 친구들. 그들은 바로 꿈과 희망, 도전과 열정입니다. 하지만 언제부터인가 그 모든 것은 '하지 않으면 안 되고 꼭 이뤄야만 하는' 족쇄가 되어 있었고, 순수하고 아름다운 꿈과 희망이었던 배우로서의 성공 역시 세상 속에서 내가 꼭 이뤄야만 하는 무겁고도 거대한 짐이 되어 있었습니다.

저는 '이십원 쁘로젝뜨: 미친방랑'을 통해 깨달은 것이 하나 있습니다. 어떤 목적이나 사회적 기준에 의해서가 아니라, 순수하게 내가 원하고 하고 싶은 걸 했을 때 자유로움과 즐거움을 느낀다는 것. 그 자유와 즐거운 감정의 결합이 내게 행복이 된다는, 바로 그 진실 말입니다.

제게 행복이란, 남의 시선과 어떤 누구의 잣대에 의해서가 아닌 내 욕망을 내 스스로 나답게 표현하고 행했을 때 느끼는 감정, 창조적 생명력이 주는 웃음이었습니다.

그렇게 '이십원 쁘로젝뜨: 미친방랑'은 짐이 되어버린 꿈을 유쾌한 발걸음으로 바꿔주었습니다. 그리고 이제 꿈과 희망, 도전과 열정이 사회적 성공을 위한 도구로 쓰이는 것을 멈추려 합니다. 멀리 있는 미래의 나에게 집착하는 것이 아닌 지금의 나에게 집중하려 합니다.

이십원 쁘로젝뜨는 한 번의 여행으로 끝나지 않고 삶이라는 여행을 함께 걸어가는 든든한 친구가 되었습니다. 가슴속에 묵직하게 박힌 바위덩어리 같은 질문이 방랑을 통해 깨지고 부서져 아직은 거칠지만 제법 많은 가루들을 만들어내고 있습니다. 그 가루들을 다시 반죽해 또 다른 나를 빚어내는 중이기도 합니다.

나이면서도 문방랑이라는 또 다른 나는, 방랑이 끝나고 1년이 지난 지금도 계속되는 질문을 통해 변화를 거듭하고 있습니다. 또한 살아 있는 행동력으로 내 삶의 주인인 나로서 나다운 진짜 삶을 만들며 걸어가고 있습니다.
'열심히'가 아닌 '즐거움'으로 말이지요.

2015년 가을
문방랑 문정수

차례

Part 2 유랑 청춘

Part 5 각본 없는 청춘극장

이 십 원

너 이(爾), 사십 십(卌), 원할 원(願)

넌, 40을 바라보는 나이에 어떤 삶을 살기를 원하니?

난, 40을 바라보는 나이에 어떤 삶을 살기를 원하는 걸까?

Part 1
우리는 이십원

꿈꾸듯 걷고,
꿈꾸며 딛네.

분명 차디찬 물로 몸을 씻고 있는데
온몸에선
뜨거운 물이 내 몸을 흐른다.

36도 뙤약볕을 이겨낸 몸이
온종일 품었던 뜨거운 숨을 내뱉느라

30분이 지나도,
아직 뜨거운 물이 흐른다.

고민과 걱정은
칼로 도려내야 하는 게 아니라,
삶을 살아가는 데 필요한 연료이다

그 마음 태움 속에서
발견해내는 '삶의 가치'

정신없이 삶을 살다가
결국, 나는
열심히 살아가는 짐꾼이 되었다

허나,
삶이 외롭고 힘들 때가
내가 나를 온전히 만날 수 있는
절호의 기회가 아닐까?

뒤죽박죽이 된 나는

이제
과감히 멈추어
삶의 짐꾼이 아닌,
삶의 여행자가 되고자 한다

삶의 여행자가 된다

스무 살 초반 지방에서 올라와 대학로에서 연극을 시작했다. 그렇게 배우라는 꿈을 향해 열심히 뛰어온 지 십수 년이 훌쩍 넘어 어느새 서른 후반을 향하는 나이가 되었다.

열심히, 성실히, 꿈을 좇아 뛰고 달리고 넘어지고 쓰러졌다가 일어나 툭툭 털고 다시 또다시를 외치며 달려온 시간들.

그 숱한 반복에 지쳐 그만둘 만도 했지만, 다행인지 불행인지 '포기'라는 말과는 친하지 않은 성격 탓인지 자신감을 가지고 한 걸음, 한 걸음 나아가고 있던 터였고 좀처럼 드러나지 않는 걸음걸음이었지만 그런대로 잘 쌓여가고 있었다.

그래, 아직 더 가야지.
그래, 잘 가고 있어.
그래, 배우가 마흔은 넘어야 때가 오지.
그래, 힘내자.

한숨 한 번 툭 내쉬고 다시!를 외친 것이 수천 번, 수만 번, 아니 수십 수백만 번.

그런데, 문득 '그것이 문제가 아니야'라는 알듯 모를 듯한 물음이 다가왔다. 오랜 기간 끝없이 갑갑하고 끝없이 우울한 어둡고 깊숙한 터널 속에서, 숨을 쉬어도 힘을 내어도 숨을 쉬고 있지 않는 것 같은 갑갑함이 숨통을 꽉 틀어막고 있었다.
이것이 무엇일까, 이것은 무엇일까 수없이 되뇌었나 보다.

그 갑갑함은,
열심히 하지 않아서가 아니라
이겨내고 있지 않아서가 아니라
잘 해내고 있지 않아서가 아니라
꿈이 이루어져 가고 있지 않아서가 아니라
내가 그토록 원하고 좋아하고 평생 하고 싶었던 꿈이
시간의 굴레 속에서 허덕이다
어느덧 짐이 되어가고 있었기 때문이었다.

짐이 되어가는 꿈.
짐이 되어가는 삶.
......

이 순간,
모든 것을 벗어버리고 떠날 수밖에 없었다.

그것은 지금의 나를 찾고,
어린왕자의 꿈을,
어린왕자의 삶을 다시 만나기 위함이었다.

십수 년이 훌쩍 넘는 시간 동안 한 번도 멈추지 않았던 걸음을 처음으로 툭 멈추고 '내'가 '나'에게 말을 걸었다. 과거의 내가 아닌, 과거로부터 달려온 관성으로 질주 중인 내가 아니라 지금의 내가 되어 떠나자고. 옷 한 벌 달랑 입고 20원 달랑 들고, 17년 동안 달려온 꿈도 벗어버리고 아무것도 없이 모두 벗어버리고 떠났다.

옷이 한 벌이니
입을 욕심 없었고,
잘 곳이 없으니
어디든 상관없었고,
돈이 없으니
먹을 욕심을 지웠다.

그렇게
하얀 버선,

하얀 발자국으로 걸었다.

하얀 눈밭에 처음 찍어내는 발자국처럼.

부라더, 어디로 갈까?

어디? 글쎄…
꼭, '어디'를 가야 하는 게 아닐 수도 있어.
그런데 어떻게 가지?

부라더, '어떻게'가 필요 없을 수도 있어.

그래,
구멍 뚫린 플라스틱 배면 어때.
렌즈 없는 부채 망원경이면 어때.
밀어!
그냥 가자!

그래, 해보자, 미친방랑!

No Plan
is the Best Plan

머리 위에 얹어진 커다란 갓이 영 익숙지가 않다. 걸을 때마다 휘날리는 쾌자가 멋지기는 하지만 온몸은 이미 땀범벅이다. 아직 발이 적응하지 못한 새 신발은 불편했고, 발코가 좁은 버선은 그 불편함을 고통으로 업그레이드 해주고 있다. 짊어 메고 있는 괴나리봇짐 덕에 땀이 흥건한 등에는 바람조차 통하지 않는다. 합죽선을 펼쳐서 부채질을 해보지만 그다지 도움이 되지는 않는다.

버스정류장에 서서 버스를 기다리고 있노라니 사람들의 시선이 느껴진다. 택시를 탈걸 그랬나 싶었지만 어차피 앞으로 익숙해져야 할 일인데다, 갓을 벗고 한복이 구겨지지 않도록 엉성하게 앉아서 갈 생각을 하니 버스가 백배천배 나았다.

바지 허리춤에 있는 조그만 주머니에 손가락을 넣어서 10원짜리가 잘 있는지 확인했다. 1980년도에 만들어진 구형 10원짜리 동전은 무사히 잘 있었다. 그렇다. 오늘은 '이십원 쁘로젝뜨: 미친방랑'을 시작하는 날이다. 나, 문방랑 그리고 정수리, 이렇게 세 사람이 단돈 20원을 들고 홍대 정문에서부터 부산까지 방랑을 떠나기로 한 첫날이다.

출근 시간을 피해서 올라탄 버스에는 예상대로 사람이 그리 많지 않았다. 사람들이 너무 빤히 쳐다보면 어쩌나 했는데 생각 외로 버스 안의 사람들은 날 크게 의식하지 않는다. 오히려 이따금 눈이 마주치면 오히려 그들이 내 눈을 피하곤 했다. 마치 이 버스 안에 내가 존재하지 않는 것 같은 묘한 기분마저 든다. 500년 전 조선에서 오늘로 날아온 선비처럼 살아보자던 문방랑의 이야기가 내 의지와 상관없이 실행된 것 같았다.

어제 쫄깃쎈타에서 조선 선비 차림으로 발대식을 마치고 집으로 돌아갈 때만 해도 함께 사진을 찍자며 큰 관심을 보이는 사람들이 많았는데, 지난밤과는 무척이나 대조적인 지금의 상황에 내심 앞으로의 여정이 걱정스러웠다. 서울에서 부산까지 단돈 20원을 들고 방랑을 하기 위해서는 사람들의 관심이 중요할 수밖에 없기 때문이다. 길거리 공연, 내 맘대로 캐리커처, 관상과 이름풀이 정도이긴 하지만, 이런 것들로 노잣돈을 벌어가며 먹거리와 잠자리, 이동수단을 해결해보기로 했던 터였다. 사람들의 관심을 끌지 못한다면, 이십원 쁘로젝뜨의 성공 가능성도 희박해진다.

우리가 20원을 가지고 방랑을 떠나는 이유는, 돈은 없는데 여행이하고 싶었기 때문이 아니다. 삼십대가 되고 보니, 이 시대의 청춘들이돈이 최고라고 생각하면서 청춘이라면 마땅히 가지고 있을 열정과 도전으로부터 멀어지고 있는 게 느껴졌다. 스펙과 경제력이 부족하다는 이유로 자신을 길바닥에 떨어진 10원짜리 동전처럼 여기고 있는 것은 아닌가 싶었다. 청춘들에게 앞으로의 삶을 준비하는 데 도전과 열정, 그리고 돈보다 더 중요한 가치가 있다는 것을 보여주고 싶었다.

약속장소인 홍대 정문에 도착했다. 문방랑과 정수리는 아직 오지 않았다. 멤버들이 오기를 기다리고 있는데 30대 후반에서 40대 초반으로 보이는 남자 두 명이 다가왔다. 그 중 한 남자가 대뜸 나에게 "Excuse me, Can you give me 1,000won?" 하는 게 아닌가!

외국인인가 싶었지만 분명 한국인이다. '나한테 왜 영어로 이야기를 하는 거지?' 의아해하고 있는데, 다시 한국말로 "복장을 보아하니 돈 좀 있으신 양반 같은데 좀 도와주시오"라고 말한다. 뭔가 뒤통수를 한 대 세게 후려 맞은 기분이었다. 단돈 20원으로 방랑을 헤쳐나가야 하는 나에게 누군가가 먼저 구걸을 할 줄이야!

"1,000원이요? 제가 가진 게 10원밖에 없는데, 그런 큰돈은 무리겠는데요."

"아니, 10원밖에 없다고요? 그럼 당신은 선비가 아니라 백수요?"

"뭐… 그런 셈이죠."

"쳇. 이렇게 차려입고도 백수라니…. 나는 40년이 넘도록 백수요! 이건 무슨… 대한민국은 대체 뭐가 문제이기에 백수를 이렇게 만들어내는지…."

두 남자는 큰소리로 떠들더니 자리를 떠났다.

내가 외국인이라고 생각했을 리도 없을 텐데 왜 처음부터 당당하게 한국말로 구걸하지 못했을까? 자신의 부끄러움은 알지도 못하면서 타인과 세상을 탓하고 있는 그들이 안타까웠다. 심지어 행색도 초라했고, 구걸을 하는 자세에도 빈정거림이 섞여 있었다. 그러다 문득 앞으로 방랑길에서 우리도 상황에 따라 누군가의 눈에 저런 모습으로 비칠 수도 있겠구나 싶었다. 우리에게는 나름대로 이유가 있는 방랑이지만 이유를 알지 못하는 누군가에게는 폐가 될 수도 있다. 이런 깨달음을 준 두 남자가 고마워졌다.

잠시 후, 문방랑이 도착했고 이내 정수리도 합류했다. 정수리는 유럽으로 배낭여행이라도 가는 사람처럼 커다란 가방을 메고 나타났다. 짐을 최소화 하기 위해 괴나리봇짐에 갈아입을 속옷과 작은 개인용품만 챙겨 온 문방랑과 나에 비해, 포토그래퍼인 정수리의 가방은 각종 사진 장비들로 가득했고, 무게도 만만치 않았다. 미안해하는 우리 앞에서 괜찮다며 환하게 웃는 정수리의 배려가, 또 고맙다.

이렇게 해서 전통한복을 입은 두 남자와 카메라 가방을 멘 사진작가, 세 남자가 떠나는 이십원 쁘로젝뜨의 첫 프로젝트, 미친방랑이 시작되었다. 최종 목적지는 부산이었지만, 정해져 있었지만 언제 어디에 갈지는 구체적으로 정하지 않았다. 'No Plan is the Best Plan'이라는 슬로건 아래 우리는 그때그때마다 가고 싶은 곳을 함께 정해서 그곳을 목적지로 삼기로 했다. 여행도 삶도 어디 세워놓은 계획대로 되는 것이 있던가. 예상치 못한 의외의 상황들을 어떻게 대처하느냐가 더 중요하다. 서울에서 출발해 동해안으로 가서 우리나라의 등줄기인 7번국도를 따라 부산으로 내려가는 것을 기본 루트로 잡았다. 그렇게 무더위가 기승을 부리는 2014년 7월 15일, 우리는 미친방랑을 떠났다. 🈶

이러다가 꼼짝 못하고

　　홍대에서만 지내게 되는 거 아니오?

홍대에서
가리산 산신령을 만나다

"이리 좀 와보시오!"

40대 후반으로 보이는 남자 두 분이 우리를 불렀다.

"홍대 거리에서 내가 선비님들을 다 만나게 되다니, 실례가 될지 모르겠지만, 뭐하시는 분들이오?"

"저희는 이십원이라고 하고, 부산까지 20원을 가지고 방랑을 떠나려고 합니다."

"이십원?"

남자분의 말에 나는 바지 주머니에서 10원짜리 동전을 꺼냈다. 그 모습을 본 문방랑도 바지춤으로 손을 옮겼다.

"제가 10원."

이어서 문방랑이 자신의 10원짜리를 내밀었다.

"제가 10원."

"그래서 이십원입니다."

그런 우리 모습에 두 분도 무척 즐거워하셨다.

"그런데 왜 20원이요?"

"이 10원짜리 동전이 자본주의적 가치로는 그냥 10원이겠지만, 서울에서 부산까지 갈 수 있다는 열정이고 도전이거든요. 그러한 가능성을 이 시대를 살아가는 청춘들에게 직접 경험을 통해 공유하고 싶어서 이십원입니다."

설명을 듣고 나시더니 보기 드문 젊은이들이라며 우리의 방랑을 응원해주셨다. 우리의 마음도 기쁨으로 차 올랐다. 역시 우리의 방랑에 관심을 갖고 응원해줄 사람들은 분명히 있었다.

긍정적인 기운을 불어넣어 주신 것도 충분히 감사한데, 한 분이 지갑을 꺼내시더니 노잣돈을 보태주셨다. 젊은 친구들이 이렇게 좋은 뜻을 행하고 있는데 인생의 선배로서 도움을 주는 게 당연지사라면서 말이다. 이걸 그냥 넙죽 받아도 되는지 고민하고 있는데, 부담 갖지 말고 받으라며 내 손에 꼭 쥐어주셨다.

"우리를 지나가는 처사라고 생각해. 그냥 가리산 산신령이라고 불러. 그리고 누구를 만나든 어디를 가든 가식이 아니라 있는 그대로 사람들을 대하게나. '자리이타'여야지, '자리'만 있고 '이타'가 없으면 안되지. '나는 살아야 되니깐 너가 죽어라' 그러는 게 어디 있어? 그게 사기꾼이지. '나도 이롭고, 너도 이로워라.' 자리이타의 마음으로 항상 보시를 해야 돼. 종교를 떠나서, 자네들이 먼저 베풀고, 그 사람들이 베품을 되갚든 그렇지 않든 진심으로 대하며 그렇게 다녔으면 좋겠네."

자리이타라는 말이 가슴에 확 와 닿았다. 이 세상을 살아가는 데 꼭 필요한 마음가짐이다.

　방랑의 첫날 그 시작점에서 가리산 산신령님 덕에 한 번 더 우리의
마음가짐을 정비할 수 있는 기회를 갖게 되었다. 허리 숙여 감사의 인
사를 전하고 우리는 가평으로 발걸음을 옮겼다.

낭자…

난… 그대가 솔찬히 마음에 드오만

 ·미스터 집

가평으로 향하는 지하철 안에서 사람들의 시선이 우리에게로 쏠려 있다. 전통한복을 차려입은 사내가 하나도 아니고 둘이나 탔으니 이상할 것도 없다. 그래도 슬금슬금 쳐다보기만 할 뿐 우리에게 먼저 말을 걸어오는 사람은 없었다. 가평에서 생길 일에 대한 기대감과 걱정을 오가고 있던 나에게는 그런 거리감 있는 관심이 오히려 편했다.

창 밖으로 스쳐가는 풍경들을 바라보며 '가평에 도착하면 어떤 일들이 우리를 기다리고 있을까?' 하는 상상으로 조금은 설레어하며, 또 조금은 불안해하다 보니 어느새 가평역에 도착했다.

가평역까지 오는 동안 문방랑은 어느 노부부와 한창 대화를 나눴다. 문방랑에게 내려야 한다고 신호를 보냈다.

대합실에 발을 내딛는데 조금 전에 문방랑과 이야기를 나누던 어르신께서 어디로 가냐고 물어오셨다. 딱히 정해진 목적지가 없던 우리였다. 문방랑은 이제부터 갈 곳을 찾아볼 거라고 말씀을 드렸다. 그랬더니 잠은 또 어디서 자냐고 물으셨다. 그것 역시 이제부터 알아봐야 한다고 말씀을 드리자 잠시 고민을 하시더니 "우리집에 가는 건 어떻겠나?" 하신다.

"집이 조금 누추하지만 그래도 자네들 세 사람, 몸은 누일 수 있으니 괜찮지?"

하늘을 지붕 삼아 자야 할지도 모르는 우리는 그저 감사할 따름이었다. 할머니께서 대접도 못할 누추한 곳에 어떻게 데려가냐며 난감해하셨지만, 할아버지는 넉넉

한 웃음을 보이시며 괜찮으니 따라오라고 하셨다.

그렇게 우리는 소박한 어르신들의 집으로 초대되었다. 할머니께서 진수성찬으로 맛있게 차려주신 닭볶음탕을 먹고 어르신과 이야기를 나누었다. 그냥 평범한 할아버지와 할머니라고 생각했는데, 알고 보니 우리가 생각한 것을 훨씬 넘어서는 엄청난 분이었다.

어르신은 미국에서는 다들 자신을 미스터 김이라고 불렀다면서 우리에게도 미스터 김이라고 부르라고 하셨다. 아버지뻘이 넘는 어른에게 미스터 김이라고 부르는 게 쉬운 일은 아니지만, 외국에서 다양한 나이대의 사람들과 친구처럼 지낸 경험이 있는 나는 그 순간부터 어르신이 원하는 대로 미스터 김이라고 불렀다. 상대방이 원하는 대로 해주는 게 가장 좋은 것이라고 믿기 때문이다.

미스터 김은 1970년대 초반, 20대의 나이에 미국으로 건너갔다고 했다. 미스터 김은 처음엔 식당에서 일을 했다. 아는 사람의 소개로 운 좋게 웨이터로 일하게 되었지만, 영어가 서툴러 주문을 받는 게 영 쉽지 않았던 미스터 김은 주방에서 일하는 멕시코인 친구와 거래를

했다. 사장님이 계시지 않을 때면 본인이 주방에 들어가서 설거지를 하고 멕시코 친구에게 주문과 서빙을 맡겼던 것이다. 미국의 레스토랑은 웨이터들이 절대 주방에 들어가서 일하지 않는다. 자존심이 걸린 일이기 때문이다.

그러던 어느 날 평소처럼 멕시코 친구에게 홀 업무를 맡기고 주방에서 설거지를 하고 있는데 사장님이 들어왔다. 꼼수를 부리다가 걸렸구나 싶어서 걱정이 앞섰는데, 사장님은 오히려 웨이터임에도 불구하고 주방에 일손이 부족해 들어가서 일하는 모습으로 오해를 하고는 감동을 받아 바로 가게의 매니저로 승진을 시켜줬다. 의도치 않게 인정을 받게 된 미스터 김은 그 후 더 열심히 영어공부를 했고, 그렇게 자신의 평판을 좋게 쌓아가면서 미국에서의 삶에 적응해갔다.

그러다가 가발 장사와 보따리 장사를 시작하면서 큰돈을 벌게 되었다. 특히 보따리 장사를 할 때는 국경을 넘어 멕시코에 가서 물건들을 떼와서 벼룩시장에 대주기 시작했는데, 작은 미니밴에 물건을 가득 싣고는 수십 시간을 달렸다. 졸리면 바늘로 허벅지를 찔러가면서 그렇게 열심히 일을 했더니 물건을 대주는 가게가 수십 개로 늘어났고, 그러다가 유대인 친구의 가게 전부를 넘겨받게 되었다. 당시 미국의 경기는 가파르게 상승하던 시절이었고, 그렇게 미스터 김은 본인이 감당할 수 없을 만큼 엄청난 돈을 손에 넣게 되었다. 그러던 어느 날 카지노에 빠지게 되면서, 짧은 순간에 그동안 모아놓은 엄청난 재산을 다 날려버리고 말았다….

드라마 올인의 주인공이 따로 없었다.

진수성찬으로 맛있게 차려주신 닭볶음탕!

"지금 와서 생각해보니 다 헛되고 헛되더라고. 사실 낮에 뷔페를 먹고 나오는데 우리 와이프가 그러는 거야. 지금이 제일 행복하다고. 내가 그렇게 돈을 많이 벌어서 엄청 큰 집에 살던 때보다도 지금 이렇게 가까이 살을 부대끼면서 같이 외식할 수 있는 지금이 제일 행복하다는 거야. 그땐 나도 돈에 눈이 멀어서 집에 소홀했던 거지. 내가 사랑하는 사람이 지금이 제일 행복하다고 말해주는데, 나도 지금이 행복하더라고. 그래서 사람들에게 말하고 싶은 거야. 돈을 좇아봐야 결국은 사람이라고. 내 옆에 있는 사람이 행복한 게 그게 진짜 행복이라고 말야."

미스터 김의 이야기는 우리에게 많은 생각을 하게 해주었다. 부가 행복의 전부가 아니라는 말에는 동의하지만 그렇다고 돈을 포기해서도 안 된다고 생각한다. 세상에는 돈이 없어서 불행한 사람들도 있다. 아픈데 병원에 갈 돈이 없다는 것은 분명 행복한 삶과는 거리가 멀지 않은가.

돈이 많아도 불행한 사람과 돈이 없어서 불행한 사람, 모두 결핍이 문제다. 삶을 행복으로 이끄는 요소에는 여러 가지가 있다. 나를 행복하게 하는 요소들은 어떤 것들이 있는지 고민하고 그 요소들을 적절히 내 삶으로 가져와 행복하게 살기 위해 노력해야 하는 것, 그것이 중요하지 않을까?

젊은 시절의 이야기를 하는 미스터 김은 마치 그 당시로 돌아간 듯했다. 반짝반짝 빛나는 눈동자로 자신의 이야기를 해주고 있는 미스터 김은 더 이상 어르신이 아니라 정말 친구 같은 느낌이었다.

다음 날 아침, 미스터 김과 작별의 시간.

런닝셔츠에 반바지 차림으로, 가는 길에 먹으라면서 과자박스를 건네던 미스터 김은 어느새 우리의 할아버지가 되어 있었다. 방랑의 첫날 미스터 김을 만난 것은 행운이었다.

앞으로 우린 또 어떤 사람들을 만나게 될까? 🔲

아이 1
:아저씨, 여기 왜 온 거예요?

가평에서 춘천으로 향하는 길.

한 꼬마가 우리의 모습이 신기한지 빵끗 웃으며 다가와 말을 건넨다.

"아저씨, 여기 왜 그러고 온 거예요?"

"여행 다니는 거예요."

"왜 그렇게 한복을 입고 여행을 다니는데요?"

"아저씨가 조선시대에서 타임머신을 타고 슝~ 왔어요."

"에이~ 거짓말! 이힛. 진짜 어디 가는 거예요? 진짜 왜 그렇게 다니시는 거예요?"

아, 갑자기 말문이 막힌다.

이 아이에게 뭐라고 설명을 해줘야 하지?

"어… 우리가 20원을 들고…."

주저리주저리 설명을 하다가, 무릎을 탁 쳤다.

"아저씨한테 다시 한 번만 물어봐줄래요?"

"여기에 왜 그러고 온 거예요?"

"아저씨는 예쁘게 한복을 입고 지금 널 만나러 온 거야."

그때서야 아이는 수줍은 웃음으로 모든 말을 대신한다.

타인으로 하여금 자신의 존재를 느낀 지금 순간, 아이는 상대방에 대한 궁금증을 넘어선 큰 해결을 맛본 듯했다. 너무도 해맑게 웃으며 손가락까지 얼굴에 올려 예쁜 표정을 짓는다.

기차가 철길을 울려대면서 플랫폼으로 들어온다.

우린
순간의 의미를
너무 먼 곳에서 찾고
너무 많은 의미를 부여하며
그렇게 횡설수설 살고 있는 것은 아닐까

난, 여기에 왜 왔을까
난, 어디를 가고 있는 것일까

난, 지금 순간
나와 내 앞에 있는 사람
그 우주를 만나러 온 것은 아닐까

방랑거사
학교 가다

호기심 가득한 똘망똘망한 눈동자들이 우리를 쳐다보고 있다.

빨간색, 파란색, 노란색 등 원색으로 아이들이 직접 그린 미술작품들이 벽에 걸려 있다. 색색의 자율복을 입고 앉아 있는 아이들은 마치 공원에 피어 있는 꽃들 같다.

갑작스레 초등학교에 오게 된 이유는 고모가 막무가내로 부탁했기 때문이다. 고모의 아들이자 나의 사촌 호연이를 위해 호연이네 학교에 가서 일일교사가 되어 아이들에게 좋은 이야기를 전해달라고 하셨다. 다양한 연령층의 사람들을 만나고 싶었던 우리는 그렇게 춘천의 한 초등학교에서 임시교사가 되었다.

담임선생님의 안내에 따라 아이들에게 우리를 소개했다. 소개가 끝나고 선생님께서 "질문이 있는 사람?"이라고 하시자마자 여기저기서 아이들이 손을 들었다. 질문이 쏟아졌다. "왜 한복을 입었어요?" "왜 여행을 다니고 계신 거예요?"

아이들이 던지는 질문도 길 위에서 만난 사람들이 했던 질문과 비슷했다. 그렇지만 아이들이 던지는 '왜?'라는 질문에 우린 어른들에게 하듯이 대답할 수가 없었다. 뭐라고 해야 할지 고민하다가 "배우기 위해서"라고 말했다. 한복에 대해서 배우기 위해 입었고, 세상에 대해서

배우기 위해 여행 중이라고. 아이들의 호기심은 끝이 없었다. 등에 메고 있는 봇짐 속에는 뭐가 들었냐는 질문에, 문방랑은 차분하게 물건을 하나하나 꺼내면서 "이게 뭘까요?" 하고 퀴즈를 내기도 했다.

그 중 한 친구가 자신의 꿈이 여행작가가 되는 것이라며, 어떻게 해야 여행작가가 될 수 있는지 나에게 물었다. 초등학교 4학년에 벌써 여행작가를 꿈으로 삼고 있는 아이를 만나서 고마웠고, 부러웠다. 그리고 난감했다. 어떻게 대답을 해줘야 좋을까?

"여행작가가 되는 길에는 여러 가지 길이 있을 거예요. 그 많은 길들 중에 내가 걸어온 길을 알려줄게요. 일단, 여행을 하고, 그 내용을 잘 기록해두는 거예요. 그리고 평소에 책을 많이 읽고, 글쓰기 연습도 자꾸자꾸 해보는 게 좋아요. 그리고 그렇게 쓴 글을 친구들에게 보여주는 걸 두려워하지 않았으면 좋겠어요."

뻔한 이야기를 들려주었다. 내가 이런 대답을 해줄 자격이 있는 건

가. 나는 여행작가가 되는 게 꿈이어서 여행작가가 된 것이 아니었다. 자전거로 세계여행을 하던 어느 날 '카우치서핑'이라는 것을 알게 되었고, 빠져들었다. 그 당시 우리나라엔 아직 카우치서핑에 대한 정보가 부족한 편이었다. 아직 카우치서핑이 뭔지 잘 모르는 사람들에게 알려주고 싶어서 그 경험들을 기록하기 시작했다. 그리고 운이 좋게 출판사와 계약을 하게 되었고, 책을 발간하면서 여행작가가 되었다.

여행작가가 되기 위해 글을 썼다면, 아마도 나는 아직도 여행작가가 되기 위해 노력만 하고 있었을지도 모른다. 운이 좋게도 나만의 방법으로 여행작가가 되긴 했다. 하지만 아직 스스로를 여행작가라고 인정할 만한 수준은 되지 못한 상태다. 지금은 그저 내 책을 보는 누군가에게 조금이라도 도움이 될 수 있다면 그에 만족할 뿐이다. 한 가지 다행이다 싶은 점은 글을 쓰기 위해서 경험을 한 것은 아니라는 것이다. 단지 내가 한 경험을 글로 전달하려고 노력했다. 억지로 무언가를 하지 않았다. 글을 쓰기 위해서 여행한 게 아니라 여행을 글로 풀어보기로 한 것이다.

어떻게 해야 좋은 여행작가가 될 수 있을까? 어린 친구의 질문이 나에게로 향했다.

독서가 머리로 하는 여행이라면, 여행은 몸으로 하는 독서라고 한다. 독서가 정서적 체험이라면 여행은 육체적 체험이다. 정서와 육체의 경험이 조화롭게 체득되었을 때 좋은 여행작가가 될 수 있을 것이다. 어린 친구의 질문에 대한 뻔한 그 대답이 내게로 돌아왔다. 단, 더 많은 경험이 함께 필요하다는 문장이 추가되었다. 앞으로 겪을 많은 경험들이 나만의 방식으로 세상과 소통하는 좋은 글을 쓸 수 있도록 도와줄 것이라는 믿음이 내 마음에 자리를 잡자, 아직 어린 저 친구도 분명 많은 경험을 통해 자신만의 방법을 발견할 거라는 믿음이 생겼다. 내 대답이 아이의 마음속에 어떤 파동을 일으켰을지 궁금했지만 그건 내 욕심이다.

특별히 무언가를 가르쳐보겠다고 찾아간 게 아니라, 요즘 초등학생들은 어떻게 살아가는지 궁금해서 찾아갔기 때문일까? 아이들에게 가르쳐준 것보다 내가 배운 게 더 많았다.

학교는 여전히 배움의 터전이었다. 🔲

봇짐 안에는 무엇이?

김방랑 봇짐

-

검은 정장 1벌, 돗자리,

갈아입을 속옷과 버선, 양말, 칫솔세트,

비타민, 취침용 반바지,

태블릿 PC, 곰방대, 두루마리 휴지,

홍보/관상/히치하이킹용 팸플릿 코팅된 것

문방랑 봇짐

-

검은 정장 1벌, 돗자리,

갈아입을 속옷과 버선, 양말, 칫솔세트,

비타민, 취침용 반바지,

곰방대, 먹다 남은 사이다

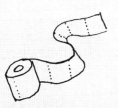

조선선비
여고 축제 습격사건

어떤 해 쨍쨍 오후, 춘천의 시장통을 느리적 걷고 있던 조선 선비들에게 날아든 4,500헤르쯔 780데시벨의 진동과 주파수가 여리디 여린 조선 순정선비의 고막을 사정없이 흔들었다.

"까르르르르륵, 꺄~~르~."

엇! 이것이 무슨 소리요?

아카펠라 중창단이 중구난방 불협화음을 내듯 여기저기로 내동댕이쳐지는 웃음소리가 강력히 들린다.

고개를 돌려보니, 6명의 여고생들!

나의 눈빛이 소녀들의 웃음을 받.았.다.

"어디서 온 낭자들이오?"

"꺄~~르르르르륵."

"어허, 웃지만 말고 대답을 하시오."

"궁금하시면 따라오세요~요~요~."

뭣이라!

이건 귀신한테 홀린 것도 아니고, 나도 모르게 이미 발걸음은 공중에 두리둥실 떠서 귀신인지 진짜인지 모를 여고생들을 따라가고 있었다. 주기적으로 뒤를 돌아보며 웃는 저 소녀들은 허상인가 실제인가? 엄청난 무더위에 헛것을 보는 것은 아닌가 싶을 때쯤 엄청난 일이 벌어졌다.

6명이 60명이 되었고, 60명이 600명이 되었다!

그것도 똑같은 옷을 입고 있는 수~많은 소녀들….
여긴 게임 속인가? 우린 귀신에게 홀린 것이 맞다.
조명이 번쩍이고, 지구 전체를 뒤흔드는 듯한 비명과 함성과 환호 소리가 터져 나왔다. 무대에선 트로트 '사랑의 배터리' 음악에 맞춰 멋진 춤사위를 선보이고 관객석에 앉은 600여 명의 여고생들은 행복한 웃음과 천상의 하모니로 떼창을 부른다.

나를 사랑으로 채워줘요~ 사랑의 빳데리가 다됐나봐요~
당신 없인 못살아 정말 나는 못살아 당신이 짱이랍니다~

한복에 갓을 쓴 우리도 600여 명의 여고생 틈에 앉아 흥분의 도가니에 합세했다. 소녀들도 갑자기 나타난 선비들이 신기한지 사진도 찍고 옷도 만져보고 갓도 건드려보고, 신기한 생물을 바라보듯 콕콕 눈으로 손가락으로 웃음으로 우리를 여기저기 찔러본다.

그들의 호기심 어린 웃음에 덩달아 기분이 좋았다. 참으로 색다른 기분이다. 함께 즐겁게 웃고 이야기 나누던 순간 노래가 끝나고 다음 팀이 무대에 오른다.

소녀들은 열광하고 응원한다.
또 다른 팀이 무대에 오른다.
소녀들은 열광하고 응원한다.
또 다른 팀이 무대에 오른다.
그렇게 계속된다.

분명히 1, 2, 3학년 축제 속 경연대회인데 이상하게도 객석의 반응은 똑.같.다.

같은 학년이어서, 같은 반이어서, 응원을 하는 것이 아니라 모두가 모두를 응원하고 함께 웃으며 그 순간 함께하는 자체를 흥거워하는 것이 아닌가. 6명이 60명이 되고 60명이 600명이 된 소녀들은 귀신이 아니라 천사들이었다.

경쟁이 아닌 함께.
대회가 아닌 축제.
일등이 아닌 우리.

그 모든 광경은 충격이었다.
어른들은 학생들에게 경쟁을 가르친다.
정작 우리는 지금 어떤 모습으로 살고 있는가.
도대체 어떤 모습으로 누구에게 무엇을 훈계하고 있는가.

여고 축제를 습격하러 왔다가
내 영혼의 폐부를 습격당하고 말았다.

사회가 원하는 삶.
사회가 만들어놓은 합리적 관계.

사회가 정해놓은 일정한 틀은 어느덧 우리의 순수영혼의 뿌리까지 잠식해오고 있었다. 🔲

강물이 되어

갓끈 풀고
도포자락도 풀어내어

살포시 개어놓고 노닥노닥
강변에 누워 노닥노닥

강물은 찬란히 흐르는데
흐르는 세월이 야속하네

흐르고 흘러 닿는 그곳이 바다라면
강물에 온몸 맡겨 두둥실 떠나보세

흐르고 흐르는 강물 되어
그렇게 유유히 흘러가세

첫
히치하이킹

방랑 3일차, 드디어 대망의 첫 히치하이킹을 시작하게 되었다. 춘천까지는 지하철을 이용할 수 있었지만, 더 이상은 그럴 수가 없었다.

히치하이킹을 막상 시도하려고 하니 걱정이 밀려온다. 얼마나 기다려야 할지 알 수도 없었고, 무엇보다 남자 셋을 한꺼번에 태워줄 차가 있을지도 의문이다.

그래도 일단 시도는 해봐야 한다. 화이팅을 외치면서 춘천 시내에서 홍천으로 가는 길의 외곽 쪽까지 걸어와 히치하이킹을 시도했다. 봇짐 속에서 우리 프로필이 적힌 코팅된 팸플릿을 꺼내 뒷면에 보드마카로 목적지를 적었다. 문방랑은 '홍천'을, 나는 '인제'를 목적지로 적고 서로 10여 미터의 간격을 두고 섰다. 목적지가 홍천이기는 했지만 가능하다면 오늘 인제 정도까지 가도 좋겠다고 생각했기 때문이다.

10분이 지났지만 우리에게 관심을 보이는 차는 없었다. 예상했던 일이지만 막상 닥치고 나니 불안이 싹텄다.

그때 뒤에서 누군가가 나를 불렀다. 돌아보니 아주머니 한 분이 서 계셨다.

"뭐하는 분들이세요?"

"아, 홍천까지 히치하이킹을 하고 있어요."

"운이 좋으신 분들이네요."

"네?"

"제가 지금 홍천에 갈 건데, 잠깐 기다릴래요? 차 가지고 나올 거니깐."

"네?"

"저기 저 아파트가 집이니깐 저쪽에서 잠깐만 기다려요."

"아, 네! 네! 감사합니다!"

히치하이킹 15분 만에 홍천 가는 차량을 구했다. 예감이 좋다. 첫 노잣돈도 그렇고, 첫 숙소도 그렇고, 행운이 우리를 따라다니고 있는 느낌이다.

잠시 후 아주머니가 차를 가지고 나오셨고, 우리는 그렇게 홍천행 자가용에 몸을 실었다. 우리를 태워준 아주머니는 군대에 가 있는 아들 차로 홍천에 있는 친정에 볼 일이 있어서 가는 길이라고 했다. 홍천으로 가는 차 안에서 아주머니와 이런저런 이야기를 주고받았다. 우리는 아주머니께 젊은 청춘들에게 인생의 선배로서 건네고 싶은 조언을 부탁드렸다.

"꿈꾸기를 포기하지 말라고 이야기해주고 싶네요."

그 이유를 묻자 아주머니는 아드님 이야기를 해주셨다. 아주머니는 아들에게 단 한 번도 이거 해라, 저거 해라 하고 잔소리한 적이 없다고 하셨다. 아들이 꿈을 찾을 수 있도록 하고 싶은 게 있다면 적극적으로 지지해주셨다고. 고등학생이었던 아들이 어느 날 학교를 그만두겠다고 했을 때도 말리지 않았다. 그렇게 학교를 그만두고 일을 하던 아들이, 어떤 대학생에게 영향을 받았는지 갑자기 다시 대학교를 가고 싶다고 하길래 그러라고 응원을 해줬더니 검정고시를 만점으로 통과하고는 서울의 한 명문대에 당당하게 합격했다는 것이다.

"하고 싶은 것을 해야 열심히 하지 억지로 시켜봐야 안 하잖아요. 지금 여러분들도 여러분들이 하고 싶으니깐 이렇게 더운 여름에 한복 입고 20원만 가지고 다니는 거지, 누가 시켰다고 하면 이렇게 하겠어요?"

아주머니의 말씀에 고개를 끄덕였다.

"궁금한 게 하나 있는데, 그렇게 아드님이 원하는 것을 시켜주시면서 불안한 마음 같은 건 없으셨나요?"

"네. 한 번도 불안해하지 않았어요. 저도 하고 싶은 일을 할 때 가장 행복했거든요. 지금도 여행을 좋아해서 가끔은 혼자 여기저기 잘 다녀요. 그래서 뭔가 특별한 여행을 하고 있는 것 같아서 태워주기로 한 거기도 하고요. 아들이 원하지 않는 걸 하면서 불행한 것보다 행복한 것들을 찾아 그것을 하다 보면 분명히 자신의 길을 찾을 거라고 믿었어요. 다른 부모님들은 어떻게 생각할지 모르지만, 부모의 덕목 중에 하나는 자녀에 대한 믿음 아닐까요? 잘못된 길로 갈 때는 따끔하게 혼내야겠지만, 사람들과 다른 길로 간다고 막아서는 건 부모의 덕목은 아니라고 생각했거든요."

싫다는 것을 시켜봐야 소용이 없다는 걸 머릿속으로는 알면서도 그걸 실제로 자신의 자녀에게 적용하기란 결코 쉬운 일은 아닐 텐데, 학교를 그만두게 하신 아주머니가 참 대단하다고 생각했다. 한국에도 이런 어머니가 계시다는 사실이 놀라웠고, 또 첫 히치하이킹으로 이런 분의 차를 얻어 탔다는 사실이 너무도 신기했다.

그렇게 아주머니의 이야기를 듣다 보니 어느새 홍천에 도착했다. 방랑 3일차, 모든 게 순조롭게 잘 풀려가고 있다. 하늘도 우리의 방랑을 응원하고 있는 게 틀림없었다.

징검다리

어찌 이리도 우둘투둘하고 어찌 이리도 삐쪽빼쪽하오

아차하면 물에 빠져 큰일 나니 위태로운 걸음걸음 조심하게

징검다리 위험하니 조심조심 걸어가게

달리기도 힘이 들고 걷기에도 힘이 드니

한숨소리 절로 나고 불편하기 짝이 없네

어찌 이리도 우둘투둘하고 어찌 이리도 삐쪽빼쪽한가

"어이, 김방랑! 잠시 멈춰 보게나."

"왜 그러시오, 형님?"

"이렇게 저~ 끝을 건넌들 뭐가 그리 좋겠는가."

아차 하여 물에 빠진다 한들 까짓것 툭 털고 나와 말리면 그만이요

멋지게 뛰다 발목을 뻔다 한들 자네가 날 업어주면 그만이네

어차피, 한 번 건너면 길 끝이요

어차피, 한 번 건너면 저승일세

한 번 가는 인생길, 조심조심 + 인상 쓰고 + 타박하면

= 재미없고 너무도 아깝지 않은가

자세 바꾸세!

호잇!

위태롭기는커녕

재미지구려, 허허

놈놈놈의
도원결의

홍천에 도착한 우리는 이제 어디로 가야 할지 정해야 했다. 발길 닿는 대로 움직이면 되긴 하지만, 그 발길을 어느 방향으로 내딛을지는 방랑 중에 줄곧 반복되는 고민이었다. 어디로 가야 하나, 주변을 둘러보고 있는데 '꼬르륵' 소리가 허기짐을 알려왔다.

우리 손에는 방금 전 홍천에 내려준 아주머니가 주신 햄버거 하나가 있었다. 햄버거집에서 남아서 가져온 것인데 우리들에게 더 유용할 것 같다며 건네주셨다. 문득 햄버거집에 계시다가 창 밖으로 한복을 입은 남자 둘이 히치하이킹을 하는 모습을 보고 호기심이 생겨서 오신 게 아닌가 싶었다. 뭐, 그게 중요한 건 아니지. 중요한 것은 지금 우리는 배가 고프고, 가진 음식은 햄버거 1개가 전부라는 것이다.

주머니에 노잣돈이 조금 있긴 했지만 무턱대고 사용할 수는 없다. 일단 사이다 1통을 구입하기로 했다. 햄버거에는 역시 탄산음료니까.

홍천 강가에 있는 정자에 자리를 잡고 앉았다. 방랑을 하는 동안 곳곳에 있는 정자가 참 좋은 쉼터가 되어주었다. 한복을 입은 우리에게 정말 잘 어울리는 장소이기도 했지만, 선조들의 지혜로움에 감탄했다. 경치가 좋은 곳이면 어김없이 정자가 있어 편히 쉬면서 아름다운 풍경을 볼 수 있으니 말이다. 때마침 텅 비어 있던 정자는 오롯이 우

리만의 공간이 되었다.

　햄버거 하나에 1.5리터 사이다. 이게 오늘 점심의 전부다. 사이 좋게 한 입씩 햄버거를 베어물며 허기를 달랬다. 서로 한 입 더 먹으라고 챙겨주는 우리의 식탁은 가난했지만, 마음만은 풍족했다. 식사를 마치고, 각자의 이야기를 나누었다.

　사실 우리는 서로를 잘 아는 오래된 절친이 아니다. 두세 번 만나고 의기투합해서 미친방랑을 시작했던 것이다. 나와 문방랑은 2013년 겨울 제주도에서 처음 만났다.

　문방랑과의 첫 만남도 예사롭지는 않았다. 제주도에서 사회적 혁신에 관심이 있는 전문인 100명이 모여서 2박 3일간 insfired@Jeju라는 프로그램을 진행한 적이 있다. 그곳에서 문방랑과 처음 만났다. 수많은 사람들이 모여 있던 곳에서 내게 가장 먼저 전화번호를 물어본 사람이 바로 문방랑이었다. 그 많은 사람들 중에서 남자가 내게 전화번호를 물어볼 거라고는 생각지도 못했다.

　문방랑은 뭔가 촉 같은 게 있었다며 내게 관심을 보여왔다. 그것이 인연이 되어 서울에 올라와서도 서너 차례 만났는데, 어느 날 문방랑이 '카우치서핑'에 대해 물어볼 게 있다며 만나자고 했다. 국내에서도 '카우치서핑'이 가능할까 얘기를 나누다가 문방랑이 불쑥 "해보지 않을래?" 하고 물었고, 나는 주저없이 승락했다.

　포토그래퍼인 정수리는 문방랑과 먼저 알게 되었다. 문방랑이 즐겨가는 카페에서 사진 작업중이던 정수리의 시야에 공간과 하나가 된 문방랑이 들어왔고, 무심코 셔터를 누른 게 인연이 되었다고 했다.

　우리의 이십원 쁘로젝뜨에 사진작가가 함께한다면 좀 더 많은 것들을 도전해볼 수 있을 거라는 생각에 정수리에게 연락을 했다. 우리의 계획을 설명해주고는(계획이라고 해봐야 정해진 계획은 하나도 없었지만) "함께할래?" 하고 물었더니, 아주 잠깐 생각에 잠겼다가 "온몸을 던져보겠습니다"로 답해준 정수리였다.

서로 잘 알지도 못하는 사람들끼리, 문방랑과 정수리도 만난 지 두 번째 되는 날이었고, 심지어 나는 정수리와의 첫 만남에서 이 미친방랑을 함께하기로 했던 것이다. 어떻게 이런 마음을 먹을 수 있었는지 딱 부러지게 답을 내리기는 어렵다. 확실한 건 아무런 거리낌이 없었다는 것이다. 인연이라고밖에는 설명할 방법이 없지 않을까. 그리고 우리 셋에게는 즐거울 것 같은 이번 계획에 기꺼이 몸을 던져보고자 하는 공통된 마음이 있었다.

정자에 앉아 서로 자신의 이야기를 하다 보니 어느덧 세 시간이 흘렀다. 개인적인 사정들을 전부 꺼내어놓지는 않았지만 그래도 서로가 서로를 이해하는 데 도움이 될 이야기들을 스스럼없이 나눴다. 세 시간 전보다 훨씬 더 가까워져 있었고, 형제가 된 것 같은 기분마저 들었다. 삼국지에 나오는 도원결의가 생각났다. 이렇게 나눈 우리의 진심을 담은 자기소개는 미친방랑의 큰 힘이 되었다.

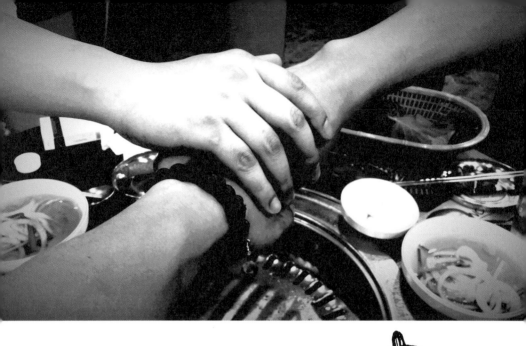

爾卅願 ⑩

놈놈놈

다가간 놈 - 문방랑
재밌는 놈 - 김방랑
우연한 놈 - 정수리

〈문방랑 & 김방랑〉 태어나서 5회 만남
〈정수리 & 문방랑〉 태어나서 2회 만남
〈김방랑 & 정수리〉 태어나서 1회 만남

세 명이 '처음 만난 날' 어느 고깃집

이십원 쁘로젝뜨 탄생의 날

방랑 중 체력관리

하나. 방랑댄스

해가 지는 공원,
꿍짝거리는 음악에 100여 명의 인원이 단체로 똑같은 춤을 추다니 장관이다.
방랑 이틀째, 춘천 공지천에서의 풍경이다.

음악이 있고 흥겨움이 있고 건강이 있는 곳에
방랑선비들이 빠질 수가 없거늘.

우리는 주민들이 춤을 추고 있는 구역으로 뛰어들어가 함께 신나게 춤을 추었다.
처음에는 움직임을 보고 따라가느라 좀 버벅거리다가 금세 안무를 습득하고 주민들
과 함께 합을 맞추었다. 안무는 누구나 따라할 수 있게 아주 흥겹고 쉬웠다.

이 안무는 방랑 중 지치거나 힘들 때,
우리에게 체력 관리는 물론 흥겨움 관리에도 탁월한 도움을 주었다.

방랑 tip

혹시 여행이나 방랑을 떠나실 때 아주 간단한 운동용 춤을 준비하시
면 여러 모로 좋습니다. 간단한 춤은 건강과 체력뿐 아니라 여행이
나 방랑 중에 펼쳐지는 수많은 상황에 응용할 수 있습니다.

둘. 방랑운동

잘록한 허리를 원하십니까?

마을을 지나다가 운동기구를 발견하면
바다든 육지든 상관 말고
생각할 겨를도 없이 신속히 탑승하시기 바랍니다.

혹여 이런 생각을 가지고 계시나요?
"가뜩이나 피곤하고 힘든데 무슨 운동이야~"

노노노노~노!

방랑 중 적당하고 가벼운 운동은 장시간 걸음으로 피곤해진 어깨와 골반을
부드럽게 풀어주며 다음 방랑의 발걸음을 아주 가볍고 산뜻하게 바꿔주는
효과가 있습니다.

셋. 스트레칭

타인에게 피해를 주지 않는 범위 안에서
언제든지 자유롭게 하는 스트레칭을 즐기십시오.
때와 장소는 물론이거니와
복장도 **No Problem!**
방랑 중 언제든지 적극적인 스트레칭을 펼쳐주시기 바랍니다.

방랑 tip

방랑 중, 눈에 띄는 지형지물을 마음껏 활용하세요. 몸이 찌뿌둥하고
피곤한 상태에서 어떤 지형지물이 내 눈에 띄었다는 것은 그 순간 내
몸이 스트레칭을 원하고 있다는 것으로 받아들여도 무방합니다. 왜
냐? 그렇게 시시때때로 스트레칭을 해준다면 오랜 걸음에도 활력 있
게 팽팽 돌아가는 관절의 살아있음을 직접 경험하실 수 있습니다.

웃음은 천국의 씨앗이 되고

발걸음은 천국의 열쇠가 된다.

Part 2
유랑 청춘

유랑 청춘

청춘 유랑 다니시오?

이정표도 흔들리고
뱃길 멀미도 나고

유랑 길 힘 부치지요.

무엇을 가지고 왔나요?
무엇을 가지고 가나요?

다 그렇게 사는 거지요, 뭘.

허나,
두둥실 떠다니는 한번 뱃길

까짓것
이정표고 나침반이고 의지 말고

내 가고 싶은 길
선장 한번 해봅시다.

"사실 광섭이랑 나도 친한 사이가 아니에요. 그치?"

고모부가 나를 쳐다보며 말했다.

예정대로라면 우리는 고모부가 아니라 큰아버지를 만나고 있었을 것이다. 히치하이킹으로 인제에 도착해서 큰집에 연락을 드렸는데, 때마침 큰아버지, 큰어머니께서 건강검진을 위해 서울에 가 계셨다. 혹시나 잘 곳을 구하지 못하면 하룻밤 신세 질 기반을 다져두려고 했는데, 완전 실패다.

야속하게도 시간은 잘도 흐르고 어느새 날이 저물기 시작했다. 오늘밤 우리 셋의 몸뚱이를 누일 곳이 어디에 있을까 고민하던 순간, 전화벨이 울렸다. 고모부였다! 우리의 방랑을 알고 있던 고모가 저녁이라도 사주라면서 연락을 취해놓았던 것이다. 예상치 못한 고모부 찬스가 생겼다.

하지만 고모부와 나는 명절 때 잠깐 보는 게 전부일 정도로, 사실 친척이라는 이름 때문에 연결되어 있을 뿐 잘 모르는 사람이라고 해도 과언은 아닌 사이였다. 명절 때나 연락드리는 게 전부인데 불청객 2명을 더 붙여서 밥을 먹으러 가는 게 죄송스러웠다. 또, 한편으로는 내 이런 마음과 자존심 때문에 배고픈 멤버들에게 밥을 먹일 수 있는 기회를 날려버릴 수도 없었다. 이런저런 생각으로 고모부에게 가는 발걸음은 가볍지도 무겁지도 않았다.

고깃집에 자리를 잡고 앉으면서 나와의 어색한 관계를 고모부가 먼저 시원하게 이야기하셨다. 서로 반갑게 안부를 전하며 이야기를 나누고 있었지만, 내 속마음은 별로 친하지 않은 친구를 길에서 만났을 때와 같은 느낌이었다. 그 어색함을 들키지 않게 부단히 애를 쓰고 있었는데, 그 어설픈 긴장감을 고모부는 그냥 툭 깨버린 것이다.

15년을 친척이라는 이름으로 지냈지만, 다섯 번 정도 만나고 미친 방랑을 떠난 문방랑보다, 아니 얼굴 한 번 보고 방랑 3일차를 함께 지내고 있는 정수리보다도 덜 가까운 고모부가 멤버들과 함께 이 자리에 앉아 있는 게 신기했다. 친척을 만난 게 아니라 인제에 사는 어느 형님을 만난 기분에 가까웠다.

"광섭이가 아는지는 모르겠지만, 네 아버지하고는 예전에 계실 때 몇 번 술도 같이 마시고 그랬는데, 오늘 너 오기 전에 가만히 생각해보니깐 너랑은 그런 시간을 가져본 적이 없더라고. 네 고모야 널 끔찍하게 생각하고, 또 네가 어떻게 자라왔는지도 알고. 그리고 너도 이제 클 만큼은 컸으니깐 하는 말이지만, 이 고모부가 광섭이와 친하게 지내고 싶었어. 가끔 이렇게 술도 한 잔 하고 말이야."

시간이라는 장벽과 사는 곳이 서로 다른 이유도 있었지만 고모부가 저런 마음을 가지고 계셨다는 사실을 15년 동안 단 한 번도 알아채지 못했는데, 고모부의 진심에 약간은 충격을 받았다. 하지만 그런 충격은 중요한 게 아니었다. 이 자리를 통해 고모부와 나는 이미 그 시간을 초월하고 있었고, 우리에게 고모부는 어느새 인제의 엄선생님이 되어 계셨다.

"고모부는 꿈이 뭐예요?"

"꿈이라… 어떻게 들을지 모르겠지만, 어릴 적 꿈은 이제 의미가 없고, 지금은 꿈이라는 말보다는 지켜야 할 것이 생겼지."

"네?"

"광섭이도 알겠지만, 나는 우리 애들의 아빠고, 네 고모의 남편이잖아. 그 관계 속에서 내가 지켜야 할 것이 있는 거지. 바로 가족을 지키는 것. 꿈이라고 부를 수 없을지도 모르겠지만 내 인생에서 이제 제일 중요하게 이뤄나가야 할 것은 바로 내가 지켜야 할 가족이거든."

뒤통수를 세게 한 대 얻어맞은 느낌이었다. 가족을 지키는 게 꿈이 될 수 있다고는 생각해본 적이 없었다.

빈 술병이 늘어나면서 우리는 몇 시간 전보다 훨씬 더 가까워져 있었다. 술의 힘, 아니 진심의 힘이란 이런 거구나 싶었다. 진심을 먼저 보여준 우리 고모부가, 아니 엄선생님이 고마웠다. 그런 엄선생님께 대한민국의 2~30대에게 해주고 싶은 이야기를 들려달라고 청했다.

"생각보다 질문이 어렵네. 음… 철저하게 이기적으로 과연 나를 행복하게 만드는 게 무엇인가를 생각하면 될 것 같아. 굳이 이렇게 짧게 이야기한다면 말이야. 왜냐하면 내가 행복하면 내 주변 사람들을 괴롭힐 일이 없거든. '이기적'이라고 해서 누굴 괴롭히고 험담하고 문제를 일으키고 이러라는 뜻은 아니고, 내가 행복해지면… 그냥 단순하게 그러면 되는 거야. 내가 뭔가를 하고 싶다라고 이야기를 하면 주변 사람 누군가는 도와줘. 정말로 도와줘. 정말로 행복해지는 게 목표라면 자신의 진실된 모습을 보여주면 누군가는 도와주게 돼있어."

우리 셋은 고개를 끄덕끄덕했다. 엄선생님의 말씀은 우리의 미친방랑과는 다른 방식으로 표현되었지만 같은 이야기이기도 하다. 진심이 중요하다는 것. 목표를 정하고 그 목표를 향해 진심을 가지고 나아가면 되는 것이다. 우리의 방랑은 우리가 고민하고 원하는 미래의 삶을 함께 나누고 싶은 바람에서 시작되었다. 어떠한 방식으로 사람들과 나누고 싶은지를 정해두진 않았다.

하루하루를 진심으로 살아보자고 했다. 나 자신을 만나고, 사람들과 함께 행복해지는 방법은 무엇인지 끊임없이 질문하고, 도전 가능한 일들은 직접 실천해보면 된다. 그 과정 속에서 행복함을 느낄 수 있다면, 그걸로 충분하다. 결과는 우리의 목적이 아니다. 우리는 이 미친방랑을 통해 진심이 가진 엄청난 힘을 확인하고 있었다. 🏮

그 순간
문방랑은
…

사경을
헤매고 있었다….

길바닥 위에서
생일을 맞다

이날 아침은 강원도 인제에서 눈을 떴다.

깜짝이야!

김방랑과 정수리가 나의 36살 생일상을 차려준 것이 아닌가!

사실 지금껏 살아오면서 내가 내 생일에 별 관심을 두지 않았던 터라 다른 사람이 알아서 내 생일을 챙겨주는 일은 정말 드문 일이었고 손가락으로 꼽을 정도였다. 그런데 이렇게 방랑 중에 생일상을 받으니 정말로 특별한 감동이었다.

김방랑

> 정수야. 오늘 정수형 생일
> 이니 나가서 미역국 사올
> 테니깐 형 모르게 아침준비
> 좀 시작하자.   오전 6:55

정수리

오전 6:57 ㅇㅋ~

알고 보니 김방랑과 정수리가 나 몰래 문자를 주고받으며 007작전을 펼쳤다. 담배를 태우러 나가는 척하더니 즉석미역국과 햇반을 사온 것이다. 생각지도 않았던 동생들의 깜짝쇼에 감동이 온몸에 몰아쳤다.

고맙데이~ 동상들!

살면서 어찌 보면 처음으로 의미를 두었던 생일이어서 그랬는지 잔잔한 여운이 오래 지속되었다. 우리 어머니가 나를 낳았을 때 이렇게 소박한 미역국에 작은 쌀밥 한 그릇 드셨겠지….

내 평생 잊지 않고, 이 사진을 간직할게!

근사한 아침을 맞이하고 우리는 정성스럽게 갓끈을 매고 도포를 입고 어젯밤 빨아놓았던 버선을 곱게 차려입었다. 버선 코를 쫑긋이 매만지며 오늘은 특별히 마음의 정갈함을 더했다. 그 이유는 내 생일이어서가 아니라 김방랑의 아버님을 뵈러 가는 날이기 때문이다. 아버님을 뵈러 간다니 무슨 내가 김방랑과 결혼(?)을 하러 한복 입고 인사하러 가는 것 같지만, 그것이 아니라 방랑의 길목 강원도 인제에 우연히 김방랑의 아버님 산소가 있었던 것이다. 그래서 우리는 방랑길에 들러 함께 인사를 드리고 가기로 했다.

그 이름도 묘한 인제의 엄선생님께 차를 두세 시간 정도 빌려서 산소에 다녀온 후 다시 방랑길을 이어가기로 했다.

자~ 최초의 조선 선비 드라이버
문~! 방랑이올시다~
베스뜨 드라이버의 탁월한 용모와 특별한 감성!
15년 무사고를 자랑하는 유유자적 운전비법~
귀엽게 뜬 저 쫑긋한 눈빛을 보라.
안전운전을 최우선으로 여기며 손님을 목적지까지
편안하게 모시겠다는 신념의 눈동자!
포즈 좋고
자, 출~발!

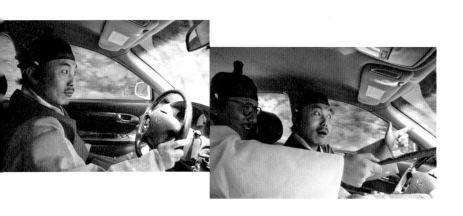

베스뜨 드라이버 문방랑   "요~~기 요기 요~~기 맞지요?"

발랄 방랑 김방랑   "그렇습니다. 쭈욱 직진하시다가 조기에서
                         우회전을 살짝."

베스뜨 드라이버 문방랑   "아~하, 조기 조기 쪼~~기!"

참으로 유쾌하고 발랄하게 목적지를 찾아갔다. 즐거운 우리의 모습을 저 멀찍이서 보고 계실 김방랑의 아버님이 두 팔을 활짝 열고 우리를 반겨주실 것이 분명했다.

어느덧 김방랑의 아버님이 계신 곳에 도착했다. 이름 모를 안개꽃들 수만 송이가 피어 있었고 양지바르고 탁 트인 언덕엔 솔바람까지 살랑 불어왔다. 한복 곱게 차려입고 아버지께 인사 올리는 김방랑의 모습이 참으로 좋아보였다. 소주 한 잔 따라 올리는 아들의 모습에 얼마나 기분이 좋으실까.

뵌 적은 없지만 마음속 깊이 인사를 드린다.

'아버님, 안녕하세요. 광섭이랑 이렇게 방랑 다니는 친구 문정수입니다. 광섭이가 사회에서 아주 착실하고 멋진 친구예요. 많은 사람들이 광섭이를 좋아하고 대인관계도 얼마나 좋은지 몰라요. 어디에 놓아두어도 잘 있는 친구니까 걱정 꽉 붙들어 매시고 항상 웃는 얼굴로 광섭이 지켜봐주세요.'

김방랑은 그동안 아버님과 못 나눈 이야기를 나누는 듯, 묵묵히 아버님 산소를 바라보고 있었다.

시간이 어느 정도 흘렀을까, 우린 아버님 산소를 뒤로 하고 다시 방랑길에 올랐다.

"어이~ 광섭아, 그리고 문방랑. 자네들 고맙네, 건강하게 멋진 방랑하게나."

김방랑 아버님께서 이렇게 말씀하시며 양지바른 꽃밭에서 활짝 웃으시고 우리에게 손을 흔들어주시는 것 같았다. 차를 타고 돌아오는

마음이 어찌 그리도 가볍고 기분이 좋던지 흥이 절로 나고 노랫가락
이 절로 터져 나왔다.

아리아리랑 스리스리랑 아라리가 났네 ~ 에헤에
아리랑 음음음 아라리가 났네 ~

흥겹게 노래를 부르며 굽이길을 내려오는데 경치가 기가 막힌 곳이
눈에 들어와 잠시 차를 세웠다. 역시나 전망이 좋아서 그런지 장수촌
이라는 한방토종닭 백숙집이 떡 하니 자리를 잡고 있었다.
우리는 차에서 내려 졸졸 약숫물이 흐르는 곳으로 가서 물을 시원
하게 받아 마셨다.
"아하, 경치 좋~다!"

때마침 백숙집 주인 아주머님이 우리 모습을 보시더니 말씀을 건네
셨다.

"아이고, 웬 선비들이 행차를 하셨소. 경치 좋은 놈 배경으로 우리
사진이나 같이 찍읍시다."

"그러시지요~, 허허."

그렇게 주인 아주머니와 식당에서 일하시는 아주머니까지 우리와
함께 사진 찍으시는 게 그리도 즐거우신지 연신 웃으시며 함께 사진
을 찍었다. 사진을 찍은 후 우리는 잠시 경치를 감상했다. 기가 막히
게 멋진 풍경이었다. 저 멀리서부터 흘러내려오는 강줄기와 그 강줄
기를 큰 폭으로 감싸고 있는 산의 자태를 보니 탄성이 절로 나왔다.

넋이 나가 바라보고 있는데 갑자기 주인 아주머니가 다가오셨다.

"선비님들, 토종닭 백숙 한 상 드시고 가시지."

"아, 저희는 경치가 너무 좋아서 잠시 들렀습니다. 그리고 저희는
20원밖에 없기 때문에…"

"아~니, 누가 사먹으래? 내가 한 상 봐준다고. 이렇게 이쁘고 멋지
니 대접하고 싶어서 그러지."

이것이 무슨 일인가?

하늘에서 내려오신 선녀이신가?

우리에게 이런 절경 옆에서 한방토종닭 백숙을 맛볼 수 있게 해주
시다니!!! 너무나 기쁜 나머지 웃음이 멈추지를 않았다. 이토록 귀한
음식을 대접받다니 너무 감사하고도 감사해서 몸 둘 바를 몰랐다.

함박웃음 지으며 짙파란 하늘을 올려다보았다. 꼭 김방랑 아버님께

서 허기진 방랑길 든든하게 먹고 다니라고 거하게 한 상을 차려주신
것 같았다. 게다가 오늘은 내 36번째 생일이 아니던가!! 아침에 동생
들이 차려준 생일상에 이어 토종닭 백숙까지 차려지다니, 말로 형용
할 수 없는 이 기쁜 기분과 오늘 이렇게 신비할 만큼 묘한 우연은 대
체 무엇이란 말인가. 🈂

절경 속에서
턱 허니, 한복을 차려입고
귀한 음식을 마주하니
신선이 부러울 쏜가.

한평생
인생길을 방랑하는 우리네 삶

하루하루 꼬불탕길을
걷고 걷는 삶의 발자국

어디로 가는 것일까?

무엇을 만나러
가고 가고 또 그리 가는지

그 끝에는 대관절 무엇이 있는 것일까

아무것도 없을까
아니면
그 무엇이 있을까

시간이 흐른 뒤 인생의 끝에 서

뒤를 돌아본다면

어쩌면

하루하루 꼬불탕길을 걷고 걸었던

그 발걸음이 전부가 아니었을까

아버지

　담배에 불을 붙여 아버지께 드렸다. 명절이 아닌 날 처음으로 아버지께 인사를 드리러 왔다. 죄송스러웠다. 그런 내 속마음을 알 리가 없는 문방랑과 정수리는 아버지가 좋아하실 거라며 착한 아들이라고 말해주고 있었다. 그래, 이렇게 한복을 멋지게 차려 입고 인사 드리러 왔으니 분명 좋아하실 거야. 담배가 다 타들어갈 때까지 산소 앞을 지키기로 했다.

　주위를 둘러보았다. 들풀들이 그동안의 무관심처럼 내 키만큼 높다랗게 자라 있다.

　아버지는 내가 고등학교 1학년 때 교통사고로 세상을 떠나셨다. 하늘이 무너진 날이었다. 처음 아버지가 돌아가셨다는 이야기를 들었을 때는 이게 무슨 소리인가 싶었다. 실감이 나지 않았다. 차를 타고 병원으로 향하는 동안에도 믿을 수 없었다. 친척들이 모두 모여서 함께 꾸민 몰래카메라라고 생각했다.

　병원에 도착해서 아버지의 영정사진을 본 순간, ─ 그 순간은 지금도 잊히지가 않는다 ─ 눈물이 왈칵 쏟아져내렸다. 친척들이 내게 물었다.

　"묏자리를 쓰고 싶니? 아니면 화장을 하고 싶니?"

난 묏자리를 쓰자고 했다. 가끔씩 보고 싶으면 찾아가고 싶었기 때문이다. 그런데 오늘 이 순간이 오기 전까지, 벌초와 명절을 제외하고는 단 한 번도 아버지를 만나러 온 적이 없었다. 보고 싶지 않았기 때문이라고 말하고 싶지 않지만, 아니라고 말하려니 내 지난 시절의 행동이 날 꾸짖는다. 지방에서 올라온 친구들이 바쁘다는 이유로, 멀다는 이유로 부모님을 만나러 가지 않는 것처럼 나 역시 아버지를 만나러 오지 않았다.

홍천강 정자에 앉아서 서로를 알아가던 그 시간, 나는 멤버들에게 내 지난 시절에 대한 이야기를 해주면서 함께 아버지께 인사를 드리러 가달라고 부탁을 했다. 문방랑과 정수리는 1초의 고민도 없이 그러자고 했다. 참, 고마웠다. 그렇게 아버지를 만나러 올 수 있었다.

지난 내 삶 속에서, 부모님은 언제나 그리움의 대상이었다. 슬프게도, 어머니도 초등학교 1학년 때 돌아가셨기 때문이다.

매일매일 아버지와 어머니를 그리워하며 사는 것은 아니었다. 그런데, 가끔씩, 목욕탕에 가서 서로 등을 밀어주고 있는 부자를 만나게 되거나, 놀이터에서 배드민턴을 치고 있는 가족을 만나거나, 어머니와 단둘이 영화 데이트를 즐기고 있는 학생을 만나거나, 어버이날이라고 부모님의 선물을 고르느라 고심하는 친구들을 만나게 되면, 사무치게, 정말 사무치게 그리움이 밀려왔다.

그런 그리움들이 내가 사람을 좋아하도록 만들어주었다고 생각해보면, 부모님께서 가장 좋은 선물을 남겨주시고 간 것 같다. 아버지를 만나러 내가 좋아하는 사람들과 함께 올 수 있어서 참 좋다. 고맙다. 문방랑과 정수리가. 그리고 나의 아버지와 어머니가. 🔲

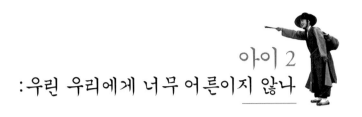

아이 2
: 우린 우리에게 너무 어른이지 않나

현상에 휘둘리지 않고
그 순간
내 가슴이 원하고 뛰는 대로 말하고
신나게 뛰어놀던
그 천진난만 아이는 어디 갔나.

내 안의 어른이 하라는 대로
세상의 누군가가 시키는 대로
어느덧 말 잘 듣는
어른이 되어버렸나.

우린 우리에게 너무 어른이지 않나.
내 안의 그 천진난만 아이는 어디로 갔을까.

해변 호텔

"형님~!
오늘은 해변 럭쩌리 호텔입니다.
어허허."

"지화자 좋고~!
얼씨구 좋네~!"

"살았소~,
우린 이제 살았소, 형님."

"고생 끝에 낙이 온다 했거늘.
희망을 놓지 않고 걷고 걸으니,
깊은 밤자락의 끝에 문이 열렸구나~."

"형님~,
저 하늘의 별들을 보시오."

"해변이 마당이요,
저 하늘의 별빛이 지붕이니,
세상천지 부러울 것이 없도다~!"

"에고~ 근데, 디지겠다, 디져~.
방전이다."

"안 힘든 척하더니 형님도 힘드오?"

"이 상태로 잠들 것 같소…."

"난, 발에 감각이 없소. 허허."

고해<u>성사</u>

    두 평 남짓한 방갈로에서 동해의 아침햇살을 온몸으로 느끼며 잠에서 깨어났다. 노곤노곤한 몸뚱이에 땀이 흥건하다. 아직 한복을 입지도, 걸음을 떼지도 않았는데 벌써 땀이라니⋯. 좁은 방에 남자 셋이 살을 부대끼며 잠든 데다가 바다 쪽을 향해 난 문으로 거침없이 태양빛이 들어오고 있으니 당연한 일이긴 했다.

    그나저나 이 좁은 방에서 남자 셋이 잘도 누워서 잤다. 지난밤 우리에게 이 공간을 제공해준 형님 누님들이 떠오른다. 어제 인제에서 관광버스를 얻어 타고 속초로 넘어온 우리는 정처 없이 걷다가 장사항 근처 해안가의 포장마차에서 초등학교 때부터 친구 사이라는 분들을 만나게 되었다. 형님 한 분이 이리와 보라고 던진 말이 인연의 시작이었다. 처음에는 어설프게 한복 입고 공연하는 친구들인 줄 알았는데, 자세히 보니 버선도 신고 갓 안에 틀어진 상투머리까지 보고는 그냥 어설프게 흉내 내고 있는 친구들이 아니라는 생각에 우리에게 관심이 생겼다고 했다. 역시 제대로 차려입고 방랑길에 오르길 잘했구나! 우리들의 '이십원 쁘로젝뜨: 미친방랑'에 대해 알게 된 형님 누님들은 우리에게 푸짐한 저녁식사와 하룻밤 지낼 방갈로까지 마련해주셨다.

샤워장에 가서 세수를 하고 방갈로로 돌아오는 길에 우리 바로 옆 방갈로 사람들과 마주쳤다. 불편함이 마음을 지배하기 시작했다.

지난밤, 방갈로에서의 하룻밤을 선물로 받고 샤워를 하러 가는 길에 누군가가 날 불렀다. 돌아보니 옆 방갈로 앞 테이블에서 30대 정도로 보이는 커플 2쌍이 술자리를 즐기고 있었다.

"저기 혹시 아까 저쪽에서 노래 부르던 분이신가요?"

"아니요. 아까 노래를 부른 건 제가 아니라 함께 다니고 있는 다른 사람이 부른 건데요."

"아, 그러시구나. 노래가 참 좋더라고요. 그래서 혹시 괜찮으시면 노래 한 소절 청하고 싶어서요."

문방랑의 소리가 마음을 두드렸나 싶었다.

"지금 샤워중인데요, 제가 한 번 얘기해볼게요."

그렇게 이야기를 하고 문방랑에게 이 소식을 전했더니, 흔쾌히 그러겠다고 했다. 옆 방갈로 사람들에게도 문방랑이 그렇게 하겠다고 했다는 메시지를 전했다.

방갈로에서 정리를 하고 있는데 문방랑이 새로운 소식을 전해왔다. 문방랑의 대학 후배가 지금 이곳으로 오고 있다는 것이다. 대학시절 함께 연기공부를 했던 후배가 때마침 속초에서 장기공연을 하고 있었다. 무척 오랜만에 후배를 만나게 된 문방랑은 조금 들떠 있었다.

정리가 끝나기가 무섭게 문방랑의 후배가 도착했다. 자연스럽게 문방랑 후배와의 자리가 마련되었다. 담배를 태우기 위해 잠시 자리를 벗어났는데 그때 옆 방갈로 사람들이 다가왔다.

“저기요.”

“네?”

“언제쯤 오실 예정이신가요?”

“아, 그게 저도 잘….”

“다름이 아니라, 오신다고 해서 안주를 새로 시켜놨는데, 식을까 봐서…요.”

이를 어쩌나 싶었다.

“제가 가서 다시 한 번 이야기해볼게요.”

“네….”

문방랑은 이미 후배와의 시간에 모든 신경을 쏟고 있었다. 불쑥 흔쾌히 그러자고 한 문방랑이 야속했다. 그때 안 한다고 그랬으면 지금 내가 중간에서 이렇게 마음 불편해할 일은 없을 텐데….

결국 옆 방갈로 사람들은 우리를 기다리다 지쳐 들어가고 말았다. 문방랑 후배와 함께 시간을 보내고 있으면서도 마음은 내내 불편했다. ‘지인과의 시간도 중요하지만 길 위에서 만난 사람들과의 약속도 중요한 건데’라며 마음속으로 문방랑을 정죄하고 있었다.

그렇게 지난밤에 대한 불편한 기억을 되뇌다가 번뜩 ‘내 탓이구나’ 싶은 생각이 들었다. 왜 나는 그때 나 혼자 그 자리에 가서 문방랑을 대신하지 못했던가? 사정을 이야기하고 혼자라도 가서 이야기를 나눠드렸으면 될 것을, 문방랑의 노랫가락이 듣고 싶다는 그분들의 말만 생각하면서 모든 걸 문방랑의 탓으로 돌렸다. 길 위에서 만난 사람들과의 약속이 중요하다고 생각하면서, 이십원은 ‘셋이 함께’라는 생각으로 대응하지 못한 내 탓이었다.

이제 막 잠에서 깬 문방랑에게 미안하다고 말했다. 지난밤 내 마음 상태를 알 리가 없는 문방랑은 어리둥절해했고, 난 고해성사하듯이 내 옹졸했던 마음을 고백했다. 문방랑은 허허 웃으며 그렇게 말해줘서 고맙다고 했다. 나도 그랬다. 이어서 문방랑은 역시 동상들과 함께 오길 잘했다고 했다. 나도 그랬다. 📮

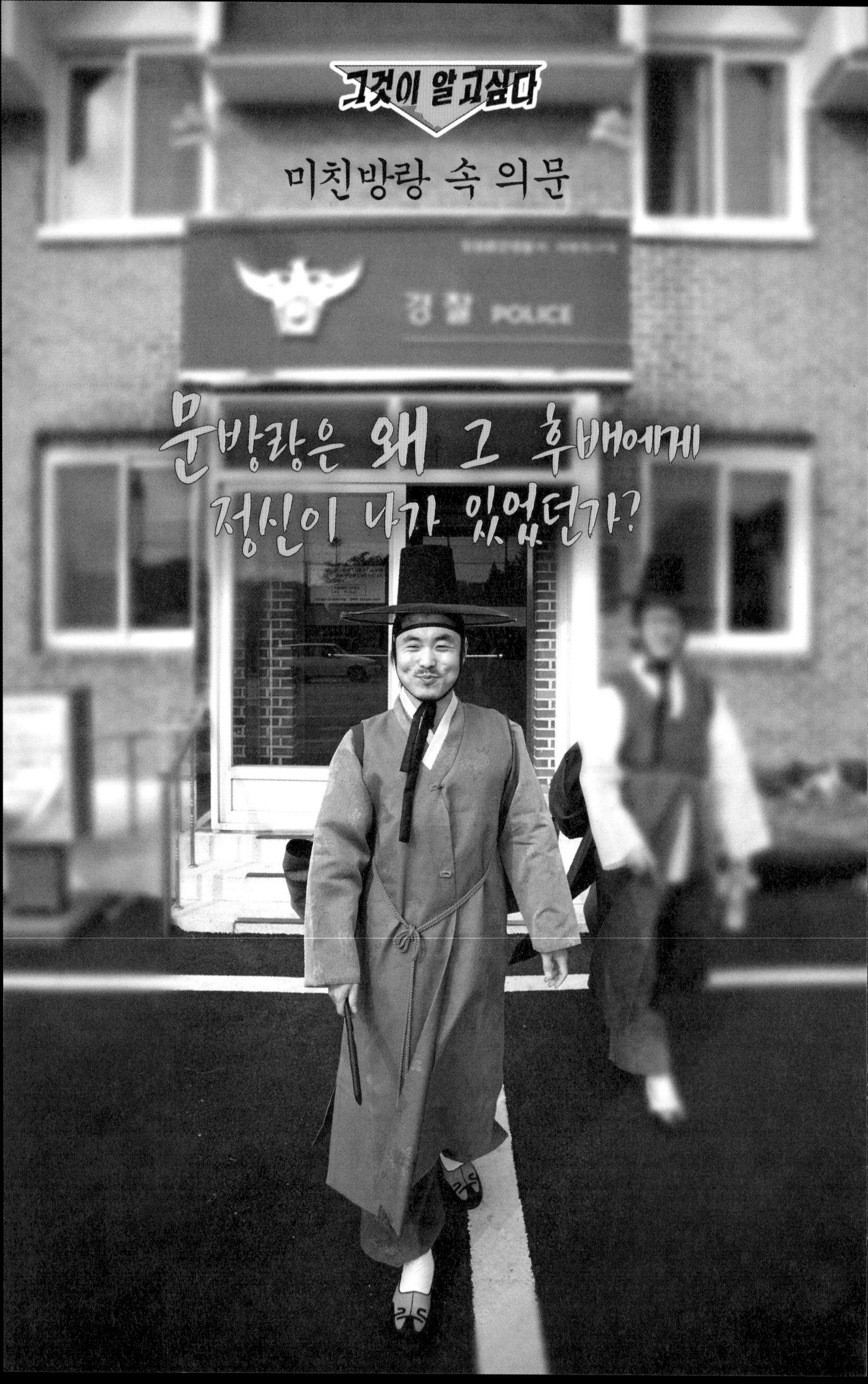
그것이 알고싶다
미친방랑 속 의문
경찰 POLICE
문방랑은 왜 그 후배에게
정신이 나가 있었던가?

문방랑의 변

비나이다 비나이다 용서를 비나이다~. 옆집 방갈로에 계시던 분들께 용서를 비나이다.

이때여, 문방랑이 독자분들의 오해가 없길 바라며, 고백을 하오난디.

때는 1999년으로 거슬러 올라가 풋풋한 21살 때 문방랑은 잠시 잠깐 그 후배에게 호감(?)을 느꼈던 것이었으니(둥딱!). 그랬던 후배를 아~주 오랜만인 6~7년 만에 그것도 방랑 중에 속초에서 우연히 만나게 되었고, 너무도 반갑고도 반가워 20대 초반부터 16년이라는 시간이 훌쩍 흘러간 세월에 대한 이야기를 나누다 보니 어느덧 그 추억에 정신 못 차리고 푹~ 빠져 있었던 것이었습니다. 허지만, 이런 불찰을…. 이 자리를 빌려 그날 계셨던 옆집 방갈로 커플분들께 진심으로 사죄의 마음을 전합니다.

그리고 김방랑, 자네가 그렇게 생각해주니 다시 한 번 너무도 미안하고도 고맙구려~!

이십원 쁘로젝뜨 미친방랑

우산 이야기

빨간 우산, 파란 우산, 찢어진 우산
우산 셋이 나란히 걸어갑니다.

현실과 이상에 대한 성격도 생각도 모두 다릅니다.

우울할 땐, 기분전환 하려 빨간 우산 하나 쫙 펼쳐 함께 쓰고
파란 바다 기분 낼 땐, 파아란 우산 하나 쫙 펼쳐 함께 쓰고

잘 곳 없을 때 펼친 찢어진 우산
그 구멍 난 우산이 보여준
하늘 별, 달 구름 바라보며 함께 웃었습니다.

그리 땀이 옷이 된 지도 모르게
함께 걸었습니다.

어느덧,
서로 다른 우산 셋의
마음과 높이가 같아졌습니다.

이제 좀 살만하니까
오라 하네

방랑 6일차, 날씨도 좋고 오늘 아침은 제법 선선한 바람도 살랑 불어온다. 한 시간 정도 지나면 폭염의 날씨로 돌변하겠지? 지금을 만끽하자 마음먹고 바닷바람을 느끼며 속초 영금정 해안길을 걷는다. 횟집 사장님들은 어항을 깨끗하게 닦고 손님 맞을 준비가 한창이다. 이미 깨끗한 어항에 들어가 유유히 헤엄을 치는 줄돔이 눈을 꿈적거리며 나를 쳐다본다. 입까지 뻐끔거리며 나에게 말을 건다.

"어이, 선비~. 이 무더운 날에 한복을 쫙 빼입고 안 더운가?"

어항으로 다가가 줄돔과 눈을 맞췄다.

"시원~하시겠소. 허허."

"나는 시원~하네~!"

엇, 김방랑도 언제 줄돔과 인사를 나누었군 그려.

"깨끗한 물속에서 시원하게 유영하고 있는 자네를 보니 내 마음까지 시원해지는구려! 잘 지내시오. 인연이 닿으면 또 만납시다."

"굿 빠이."

줄돔이 뻐끔거림으로 인사를 한다. 그렇게 속으로 혼자 피식 웃으며 줄돔과 인사를 나누고 걸음을 이어갔다. 하늘도 푸르고 바다도 푸르고 살랑 부는 바람에 내 마음도 발걸음도 푸르르구나!

해안길을 걷다 보니 마을 어귀에 할머님 두 분이 나란히 앉아계신다. 우리 모습이 정겨우셨는지 깊은 주름살을 드러내며 우리에게 예쁜 웃음을 지어주신다.

"거 멋지게 차려입고 어디를 가시는 길이오?"

"한양에 과거시험 보러 갔다가 보기 좋게 낙방하고 전국을 방랑중입니다."

그렇게 갓을 쓰고 다니는 거 보면 이미 장원급제한 것 같은데 뭔소리냐며 웃으신다. 재미있으신 할머님들께 끌려 우리는 할머님 두 분과 나란히 앉았다. 꼭 짝을 지은 것처럼 김방랑-할머니-문방랑-할머니 이렇게 이쁘게도 앉았다.

내 옆에 앉으신 할머니께서 말씀하셨다.

"선비님들이 한복 곱게 입은 걸 보니까 옛날 생각 나네."

"예전에 할머니 젊으셨을 땐 할아버님들 다 이렇게 입고 다니셨잖아요."

"그렇지, 다 그랬지. 우리도 치마 저고리 입고 바닷일도 하고, 그 옷으로 그렇게 다 살았지 뭐."

옛날 생각 나신다는 말에 우린 갓끈을 풀어서 할머님들께 씌워 드렸다. 소녀처럼 너무 수줍게 좋아하시며 함박웃음을 웃으셨다.

"갓을 쓰니까 옛날 어려서 혼인하는 것 같네. 그때 기분이 나."

"할머니는 속초에 계속 사셨어요?"

"나는 황해도 살다가 피난 내려와서 처음엔 대구에 살았어. 그러다가 16살에 영감 만나서 속초로 시집 온 거지."

"헤~ 16살에요? 지금 할머니 연세가 어떻게 되세요?"

"나 이제 90 다됐어. 이쪽이 88살, 내가 89살."

"와~ 근데 정말 그렇게 안 보이세요. 저는 많이 드셨어도 여든 살 정도 되셨겠구나 생각했는데 아흔이 다되셨네요."

"세월이 빨라. 속초로 시집 온 게 엊그젠데…, 내 나이 90이야. 고생 고생하다가 이제 좀 살만 하니까 오라 하네…. 볼 장 다~ 봤지. 좋~은

세상 조금이라도 더 보다가 가라고 아직은 건강한가 봐. 그런데 세상 뒤치다꺼리 다 하다가 이제 조금 살 만하니까 가야 하니 억울해."

김방랑 옆에 앉으신 할머니께서도 한 말씀 거드신다.

"그러니 젊을 때 부지런히 하고 싶은 거 마음껏 해. 아무것도 모를 때 시집 와서 애들 키우면서 일만 하다 보니 어느새 이렇게 늙어 있잖아. 세상 많이 좋아졌지. 요즘 사람들은 즐길 게 많잖아. 우리 땐 이런 건 상상도 못했었지. 그냥 애 낳아 키우고 일하고 그러는 게 전부였어. 뭐, 그래도 어쩌겠어. 때가 되면 가야지."

"오늘 이렇게 고운 선비님들을 만나서 참으로 기분이 좋아. 한복 입은 모습들이 참 고와."

"할머니~, 우리 이렇게 같이 사진 한번 찍을까요? 예쁘게."

우리의 제안에 할머님들이 부끄러워하신다. 마치 새색시같이.

"다 늙어서 뭘 예뻐, 주름도 짜글하고."

"아니에요~, 엄청 귀여우시고 예뻐요."

하나, 둘, 찰칵.
사진 한 장이 왠지 모르게 뭉클하다.

걷는 내내 할머님들과의 짧은 대화가 깊은 여운으로 다가왔다. 그날은 묘하게도 여정을 마치고 잠자리에 들었는데도 할머님들께서 하신 말씀들이 가슴을 울리며 내 마음속을 늦은 밤까지 똑똑 두드려댔다.

세상 뒤치다꺼리만 하지 말고 하고 싶은 거 마음껏 하고 살라는 할머님 말씀이 너무도 가슴 깊숙이 다가왔다. 그리고 이내 볼 장을 다~ 봐서 이제 가야 한다는 말씀이 생각나서 괜스레 마음이 울컥했다.

이불을 푹 뒤집어쓰고 뭔지 모를 먹먹함에 되뇌고 또 되뇌었다. 무엇을 그리 대단한 삶을 살겠다고 움켜쥐고 욕심을 내었던가. 무엇이 그리도 잘났기에 독불장군이 되었던가. 무엇이 그리도 힘들다고 세상 투정 핑계대고, 무엇이 그리 바쁘다고 허겁지겁 내달렸나.

웃음은 울음처럼 깊이 웃어내고
울음은 웃음처럼 툭 털어 넘기세.

훗날
'장 한번 잘 봤다'고 말할 수 있게 말이네.

장날

파도에 휩쓸렸던 아이는
°어느새 백발 되어 깊게 주름 파인 얼굴 되었네

장날 함박웃음 짓고
엄마손 잡고 나온 게 엊그제인데
해는 이미 서산에 지고 있네

꿈이려나 꿈이려나
눈 뜨면 엄마손 잡고 있으려나

가야 하네 가야 하네
눈 감아야 다시 꿈 꿀 수 있나

꽃신 신고 설렜던 그날이 어제인데
님 보내고 힘든 세월 지나 오늘이네

장날 사람에 치여 해 가는 줄 모르고
장날 세상에 치여 조막손이 할매손 되었네

북풍이 불어 날 디려가면
내 잃어버린 시간 토닥여주오

북풍이 불어 날 디려가면
꽃신 잃어버린 날 불러주오

관상과
캐리커쳐

걷다 보니 영금정에 도착했다. 영금정은 암벽 위에 자리한 정자인데, 파도가 부딪힐 때마다 거문고 연주 같은 파도소리가 들린다 해서 영금정이라는 이름이 붙었다고 한다. 지금의 영금정은 후대에 새로 지어진 것이고, 일제시대 방파제를 만들기 위한 골재 채취를 위해 암벽을 폭파하면서 옛 영금정은 사라졌다.

그 옆으로 등대 전망대라고 해서 작은 암벽 둔덕 위에 정자가 하나 더 있었다. 우리는 주변 경치도 살펴볼 겸 전망대로 향했다. 1분 정도 다소 가파른 계단길을 올라 정자가 있는 정상에 도착하자 시원한 바닷바람이 불어온다. 쾌자자락이 바람에 휘날리면서 온몸의 땀도 함께 흘려보냈다. 바람이 이렇게 시원할 수가 있다니! 에어컨보다도 더 시원한 바람이었다.

정자 위에는 사람들이 가득했다. 여느 정자처럼 가장자리의 앉을 만한 곳은 이미 만원이었다. 하지만 우리에게는 개인용 돗자리가 있다! 정자 한가운데 과감하게 돗자리를 깔고 자리를 잡았다. 단연 사람들의 시선은 우리에게 쏠렸다.

"자! 김방랑, 시작하십시다."

우리는 보따리에서 관상보기에 관해 설명해둔 코팅된 팸플릿을 꺼

내 사람들이 잘 볼 수 있도록 펼쳐두었다. 문방랑은 노트와 붓펜을 꺼내 관상을 볼 준비를 했고, 나는 태블릿 PC를 꺼내 캐리커처를 그릴 준비를 했다.

"정말로 관상쟁이예요?"

호기심을 가지고 우리를 지켜보던 한 분이 물었다.

"쓸데없는 질문이 많소이다. 궁금하면 여기 앉아보시오."

문방랑은 태연하게 대답했지만 내 마음은 오늘도 좌불안석이었다.

방랑을 떠나오기 전, 노잣돈을 어떻게 마련할 것인가를 두고 고민을 했었다. 직업이 배우인 문방랑은 개인기가 많았다. 무대에서 노는게 가장 즐겁다는 문방랑에게 세상은 이미 무대였다. 하지만 나는 그렇지가 않았다. 노잣돈이 정 필요하다면 품바 타령이라도 해서 배는 곯지 않게 해주겠다는 문방랑이었지만, 그건 너무 문방랑에게만 의지

하는 것 같아 정중히 사양하고 나만의 방법을 찾았다. 그러다가 정한 것이 '내 맘대로 캐리커처'였다. 문방랑이 관상을 보는 사이에 나는 태블릿 PC로 캐리커처를 그려주기로 했던 것이다.

그렇게 하기로 했지만 여전히 자신이 없었다. 내가 그린 캐리커처를 사람들이 좋아하지 않을까 봐 걱정되었다. 그리고 무엇보다 문방랑이 정말 관상을 볼 줄 아는지도 알 수 없는 노릇이니 걱정을 안 할 수가 없었다.

그런데 내 우려보다 사람들의 호기심이 더 강했다. 어느새 아가씨 한 명이 우리 앞에 와서 앉았다. 그렇게 또 관상&캐리커처 작업이 시작되었다.

관상을 보는 문방랑은 정말 관상가가 아닌가 싶을 정도로 진지했다. 사실 나는 관상이나 사주팔자 같은 것을 믿지 않는다. 그래서 문방랑이 관상을 봐주는 것으로 노잣돈을 벌자고 했을 때, 바로 호응하지 못했다. 마치 사기를 치는 것 같았기 때문이다. 직업이 관상가도 아닌 사람이 관상을 봐준다며 돈을 받는다는 사실이 어딘지 불편했다. 하지만 하나의 이벤트로 다가가자는 문방랑의 말이 마음을 끌었다. 인생에 대한 답을 주는 것이 목적이 아니라, 무더운 여름날 하나의 이벤트로 사람들에게 즐거움을 줄 수 있다면 그 정도 지불은 기쁘게 할 수 있지 않겠냐고 했다. 문방랑이 관상을 보면서 붓펜으로 이름풀이를 해서 주고 내가 캐리커처를 그려주면, 그 자체로 그들에게는 기억할 만한 작은 추억 하나가 생기는 것일 수도 있었다.

결국 문방랑의 의견에 동의해서 이렇게 관상을 보고 있기는 하지만, 한편으로는 여전히 우리 이래도 되는 건가 싶은 마음을 지울 수가 없었다. 그런데 오늘 문방랑의 모습을 보며 근심과 의심을 내려놓게 되었다.

문방랑은 없는 이야기를 지어내지 않았다. 턱없는 이야기로 '이렇게 해라, 저렇게 해라' 강요하지도 않았다. 사람들에게 질문을 함으로써 그들 스스로가 자신의 고민에 더 다가갈 수 있게 해주면서 그들이 하는 생각에 긍정적 에너지를 더해주고 있었다. 간간이 상대방의 성격이나 생각을 맞추는 모습을 보면서 진짜로 역학을 공부한 건 아닌가 싶기도 했다. 게다가 내 멋대로 그린 부족한 그림에도 사람들은 즐거워했다.

하지만 태블릿 PC로 캐리커처를 그릴 때 부들부들 떨었던 내 손가락들은 여전히 자신 없는 내 모습을 고스란히 드러내고 있었다. 머리는 이해하지만 가슴은 아직 멀었다는 증거겠지? 🈀

싸구려
삶

여긴, 어디일까…?

방랑길을 돌고 돌다 어느새 눈을 뜨니 형형색색 반짝이는 싸구려 조명 아래 술에 취해 춤을 추고 있다. 스탠드빠? 실내가요주점?

지금, 이 작은 무대가 꼭 우리가 살아가는 네온사인 찬란한 삶 속 같다. 그 세상이란 무대 속에서 우린 취한 듯, 노는 듯, 슬픈 듯 이렇게 휘청이나 보다.

낮에 할머니들과 사진을 찍고 다시 길을 거닐다가 해변도로가에서 컨테이너 박스를 놓고 살고 계시는 분을 만났다. 컨테이너 박스 안에는 온갖 표창과 상패들이 즐비했다. 젊으셨을 때부터 그 지역에서는 공익적인 활동을 참으로 많이 하신 분 같았다. 게다가 전현직 대통령의 이름이 적힌 표창들이 벽면을 한 가득 메우고 있었다. 참으로 묘했다.

"어떤 일인지는 잘 알 수 없지만 큰일들을 많이 하신 거 같으세요."

조심스럽게 여쭤보았는데, 돌아오는 답변이 씁쓸했다.

"그러면 뭘 해. 이렇게 컨테이너에서 혼자 살고 있는데."

복잡한 속사정이야 어떻게 알겠는가. 하지만 어떤 느낌의 한이 섞인 한숨인지는 대강 짐작이 갔다.

"선비들, 오늘 나랑 얘기하고 놀다 하룻밤 묵고 가. 좁은 컨테이너이지만 충분히 잘 만해."

이런저런 얘기를 나누다가 해가 어둑해질 때쯤 기분이 좋으셨는지 호탕하게 웃으시고 "자! 나를 따라오시게" 말씀하시며 성큼성큼 걸어가셨다. '어디를 가시는 거지?'라는 생각을 했지만 한껏 기분에 고취되어 계신 모습이 좋아보여서 우리도 아무런 부담 없이 자리를 함께 옮기게 되었다.

옮긴 자리는 카페인 듯 맥주집인 듯 묘한 분위기였다. 마침 손님들도 없었고 우리는 편하게 도란도란 이야기를 나누었다. 그렇게 분위기에 취해 건네주시는 술잔을 기분 좋게 한 잔 두 잔 받아 마셨다.

어느덧 늦은 밤으로 깊숙이 흘러가는 시간, 문득 정신을 차리고 보니 우리가 반짝이는 땡땡이 무대 위에서 춤을 추고 있는 것이 아닌가. 우연한 연이 되어 하룻밤 묵을 곳이 생겼지만 반짝이는 조명 아래 휘돌고 있는 우리의 모습이 순간 서글프도록 아팠다. 대책이 없는 이 깜깜한 밤, 밤새도록 힘겹게 걷더라도 이곳을 벗어나고 싶어졌다.

아무래도 난 돌아가야겠다. 두려운 밤길이지만 마음껏 숨 쉴 수 있는 미친 길 속으로. 갑갑한 삶의 무대를 떠나 방랑길을 택한 것처럼….

싸구려 땡땡 가라
반짝이는 조명

붉은색
고독과

짙파란
외로움의
칵테일

그
싸구려 무대의
화려함과 허세에 취해

우린
비틀 추어지다

그렇게
간다.

밤길
아리랑

술에 취해 밤길을 걸었다.
어디까지 가야 할지
언제까지 걸을 건지
누구도 알지 못했다.

그저 발길 닿는 대로 걸었다.

아리랑을 신나게 부르며
그렇게 밤길을 걸었다.

(김방랑)
이십원 우리가 이 길에 올라
잘 곳 없는 오늘밤도 신나게 걸어보네
(다같이)
아리아리랑 스리스리랑 아라리가 났네. 에에에
아리랑 응응으응 아라리가하 났네.

(정수리)

정수형 광섭이형 우리가 어쩌다가

여기서 하루 더 묵겠다고 욕심을 부렸나

(다같이)

아리아리랑 스리스리랑 아라리가 났네. 에에에

아리랑 응응으응 아라리가하 났네.

(문방랑)

동생들아 오늘도 잘 곳 없으면 어떠리

꼭 붙들고 바닷가에서 그저 물에 풍덩 자자

(다같이)

아리아리랑 스리스리랑 아라리가 났네. 에에에

아리랑 응응으응 아라리가하 났네.

(다같이-느리게)

아리아리랑 스리스리랑 아라리가 났네. 에에에

아리랑 응응으응 아라~리가하… 났~~~~네.

(문방랑)

사랑한다 이십원!

히치하이킹 법칙 I

제1법칙 몸짓

강한 의지! 당당한 태도!
운전자의 마음을 뺏기란 그리 쉽지 않다.

운전자가 당신이 무엇을 원하는지 알 수 있도록 확실하게 표현해야 한다. 지친 내 모습을 보면 동정심에 누군가가 태워줄지도 모른다는 함정에 빠지기 쉽지만 아니올시다. 긍정적인 에너지로 자신을 무장하고, 당신이 날 태운다면 오히려 **당신에게 즐거운 추억이 될 거라는 당당한 태도와 강한 의지를 표현해라.**

제2법칙 마음

비는 온다. 차도 온다.
당신에게 필요한 것은 오직 믿음뿐이다.

인디언들이 기우제를 지내면 반드시 비가 내린다는 이야기가 있다. 비가 내릴 때까지 기우제를 지내기 때문이다. 히치하이킹도 마찬가지다. 당신을 태워줄 차는 반드시 온다. 그게 언제인지 모른다는 게 히치하이킹의 시크한 매력일 뿐이다. 미친방랑을 하는 동안 우리는 10여 분 만에 차를 잡기도 했고, 3명이서 합동작전을 펼쳤는데도 3시간 이상 기다리기도 했다. 당신을 태워줄 차는 반드시 있다! 꼭 끝까지 믿어야 한다. 비가 오듯 차는 분명히 온다.

제3법칙 안전

갓길(여유도로)이 있는 곳.

당신을 봤더라도 차를 세울 수 있는 곳이 아니라면 운전자는 차를 세우지 못한다.
히치하이킹을 하게 되면 대부분의 차는 당신 바로 앞이 아니라 당신을 꽤 지나친 곳에서 멈출 것이다. 그렇기 때문에 뒤따라오는 차량들의 흐름에 방해되지 않게 갓길(여유도로)이 충분한 포인트를 정해야 한다. 그렇게 당신을 태울 차가 멈춰 설 공간까지도 계산한 위치에서 히치하이킹을 해야 한다. 자칫 사고로 이어질 수 있기 때문이다. **안전이 최우선이다.**

제4법칙 장소

주유소와 휴게소를 이용하고,
태워주세요가 아니라, 왜 꼭! 타야 하는지를 설명해라.

치켜세운 엄지손가락 하나, 목적지가 적힌 팻말 정도는 운전자 입
장에서 친절한 설명이 되지 못한다. 당신이 왜 히치하이킹을 하고
어디로 가고 싶은지를 설득해야 한다. 그러한 설득을 하기에 가장
좋은 곳은 단연 차가 멈춰 있는 곳이다. 기회는 당신을 기다려주지
않는다. 최선을 다해서 설명해라. 구걸하듯이 하지 말자. 인제의 어
느 휴게소에서 우리는 관광버스를 히치하이킹 했다. 당신은 탱크도
히치하이킹 할 수 있다.

주유소와 휴게소가 없다면?

주유소도 휴게소도 근처에 없다면 일시정지 포인트를 공략하라.
안전한 횡단보도에서의 신호대기, 그 황금의 30초!를 거머쥐어라.

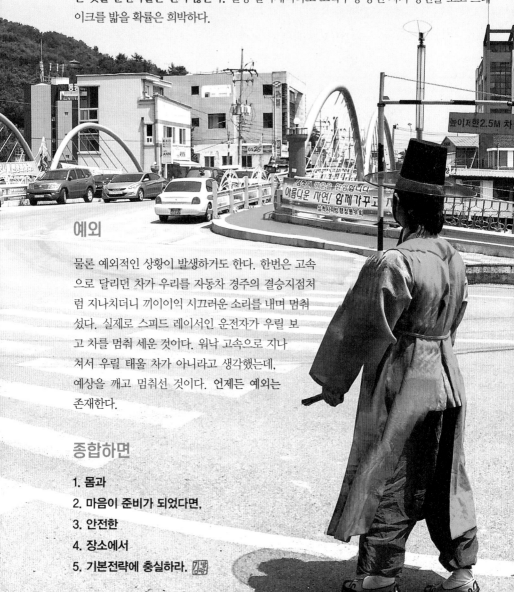

교통량이 많은 곳, 차량 속도가 느린 곳

다다익선이라고 했다. 히치하이킹은 확률과의 싸움이기도 하다. 승률을 올려라. 많이 만나는 것이 당신의 차를 만날 확률이 높은 것은 분명하다. 한번은 우리가 교통량이 많아 너무 복잡하다고 무시하고 걸어갔는데 히치하이킹을 하다가 다음 교통량이 많아지는 곳까지 1시간 정도를 걸어서 도착해서야 겨우 차를 잡았다. 그리고 차들이 80~100km로 달리는 곳에서는 히치하이킹을 하지 않는 것이 현명하다. **심리적으로 고속으로 달리던 차를 급히 세우는 것을 운전자들은 원치 않는다.** 설령 알아채더라도 고속주행 중인 차가 당신을 보고 브레이크를 밟을 확률은 희박하다.

예외

물론 예외적인 상황이 발생하기도 한다. 한번은 고속으로 달리던 차가 우리를 자동차 경주의 결승지점처럼 지나치더니 끼이이익 시끄러운 소리를 내며 멈춰섰다. 실제로 스피드 레이서인 운전자가 우릴 보고 차를 멈춰 세운 것이다. 워낙 고속으로 지나쳐서 우릴 태울 차가 아니라고 생각했는데, 예상을 깨고 멈춰선 것이다. 언제든 예외는 존재한다.

종합하면

1. 몸과
2. 마음이 준비가 되었다면,
3. 안전한
4. 장소에서
5. 기본전략에 충실하라.

히치하이킹 법칙 II

초급 승용차

"가세~ 가세~ 방랑 가세~.
김방랑, 내 봇짐도 들어가는가?"

"형님 트렁크가 널~찍 합니다."

"얼씨구나! 좋구나!"

"형님까지 들어가도 되겠소~"

중급 트럭 & 봉고차

카리쑤~마
&
여유로움

고급 경찰차

"충성, 옆 동네에 괴한이 출몰하였답니다.
문방령과 김방령이 출동하겠습니다."

"어~허허허, 조선에서 온 암행어사요?"

^{지존} 45인승 관광버스

인제 합강정 휴게소에서 관광버스 히치하이킹에 성공하게 되었다.
잠시 후 이 버스 안에서 엄청난 일이 벌어졌다.
김방랑은 붉은색 조명이 휘영청한 관광버스 안에서 마이크를 잡고
여행과 삶에 대한 강연을 했고, 나는 박수와 함께 퇴장하는 김방랑의 마이크를
넘겨받아 한바탕 즉석 품바타령 공연을 펼쳤다.

어얼 씨구씨구 들어간다~ 저~얼 씨구씨구 들어간다
작년에 왔던 각설이가 죽지도 않고 또 왔네~~

관광버스 기사 아저씨도 덩달아 신이 나셨는지 선반에 장착된
무지개 빛 조명까지 선사해주시며 분위기를 한층 더 끌어올려주셨다.
버스 안은 순식간에 강연장이자 콘서트장이 되었다.
게다가 내가 앵콜곡으로 부른 아리랑소리에 관객 45명은
후렴구를 떼창으로 화답하여 화려한 축제가 연출되었다.
관광버스 안에서 낯선 두 광대의 몸짓에 흥에 겨워 박수치며 웃었던 그 모습과 손에
손을 들고 갈대숲처럼 흔들며 함께 불렀던 떼창 아리랑의 장관을 잊을 수가 없다.

아름다울 '미'

친할 '친'

꽃다울 '방'

나아갈 '랑'

맛을 아는 친구와 꽃다운 발걸음으로 나아가는 발짓.

Part 3

유유자적 미친 방랑

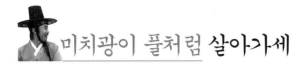

미치광이 플처럼 살아가세

기(起) 유유자적

방랑
그저 마음 편하고
그 마음 넉넉하면 된다.

준비
손에 든 것 없이
챙겨 떠날 것 없이

자세
아쉬움 없이
그저 떠날 수 있으면 된다.

비움
무엇을 원하지도
무엇을 바라지도

시작
그저 내딛는 발걸음
그 닿음이 전부이다.

이십원 쁘로잭뜨 미친방랑

승(承) 웃음 지으며

잘 곳을 놓고, 돈을 놓고, 먹을 것을 놓으니
사람이 보이고

사람과 사람으로 얘기를 나누니
서로의 눈빛이 태양보다 빛이 났습니다.

그 빛이 풍겨내는 향기
웃음

어이, 동상
그 빛깔, 참으로 담백하고 간결하구려.

그 빛깔, 어둠속에서도 빛이 나니
우리 그렇게 사십시다, 그려.

전(轉) 지금을 춤추고, 지금을 숨쉬어

숨
지금이 춤이 될 때
삶은 '숨'쉰다.

결 (結) 초록빛 생명력의 끈질기고 강한 풀 되어,
아름다운~ 미치광이 풀처럼 살아가세.

방랑이요? 삶이요?
뭐 대단함이 있을까요.

길 위에 맛을 아는 친구와 버선발 딛음이 발끝 번져
웃음을 풍기면 족하지요.
허허, 헛허, 하~ 참! 그것이겠지요.

더 이상 무엇이 있고
더 이상 무엇이 필요하겠습니까.

이것이 삶이라는 '미친방랑'의
시작이자 끝 아니겠습니까.

옛날통닭

우리는 어느덧 강릉 땅 위에 서 있다. 아스팔트에 신발이 쩍쩍 달라붙는 폭염이다. 저 멀리 보이는 마을과 바닷가가 사막 위 오아시스처럼 느껴졌다.

발걸음을 재촉하여 마을해변 쪽으로 향했다. 멀리서 보기에는 금세 도착할 것 같은 마음이었는데 걸어도 걸어도 해변은 나오지 않고 왜 그리도 머나먼지. 한참을 걸어 마을에 다다랐을 즈음 더 이상 걷기에는 무리인 듯싶어 오래된 빌라 옆에 돗자리를 펴고 잠시 휴식을 취했다. 지나가던 주민 한 분이 호기심 반 안쓰러움 반으로 다가와 말을 걸어주신다.

"아이고, 이렇게 더운데 한복 입고 어디를 그렇게 가요?"

"저기 안쪽 해변을 찾아가는데 너무 더워서 잠시 휴식을 취하고 있습니다."

우리 모습이 안쓰러워 보이셨는지 시원한 물 한 통을 가져다주셨다. 그늘에 앉아 물을 벌컥벌컥 마시니 어지러웠던 머리가 정신을 차리는 듯했다. "자, 다시 가봅시다!" 큰 숨 한 번 쉬고 자리에서 일어나 얼마 남지 않은 고지를 향해 걸음을 옮겼다.

지치고 막막한 걸음이었지만 어떤 장소에서 또 어떤 일이 벌어질

분명 김방랑은 환하게 웃으며 포즈를 취했는데,
얼굴이 왜 저런가. 허허허, 아주 푹~익었구려 동상.
그래도 그 표정이 그때 우리에겐 가장 밝은 표정이었소.

지 내심 궁금해하며 힘을 냈다. 잠시 후 눈앞에 커다란 돌이 눈에 들
어왔다. 그곳은 처음 들어보는 낯선 이름 '소돌 해변'이었다. 그곳에
우리를 반기고 기다리는 것은 아무것도 없지만 그래도 어딘가에 도
착했다는 안도감에 기분이 좋아졌다.

조그만 해변이라 그런지 몇몇 가족들이 소박하게 식사를 하고 있고
생각보다 해변은 적막했다. 파도소리만 찰싹찰싹 귓가를 울려댔다.

가족들이 모여 앉아 삼겹살을 굽고 있는 풍경이 눈에 들어왔다. 아,
저 노~란 파라솔 그늘에 들어가 지글지글 삼겹살 한 점에 쏘주 한 잔
툭 털어 마시면 소원이 없겠구나. 저분들은 갑자기 나타난 요상한 선
비가 신기하셨겠지만 난 배가 고팠다. 흑.

우리에겐 방랑 중에 철칙이 하나 있었다. 아무리 힘들고 배고파도
'음식을 절대로 구걸하거나 부탁'해서 먹지 않는 것. 유유자적 선비처
럼 말이다.

사막에서 오아시스가 신기루로 보이는 것처럼 저 앞에 노란 파라솔
이 꼭 신기루 같았다. 혼자 피식 헛웃음을 웃고 해변을 한 번 휘익 둘
러보았다. 바다 향기조차 달콤했다.

발길을 옮겨 도착한 곳은 주문진 해변이었다. 며칠 후 태풍이 온다고 해서 그런지 이곳도 한적하기는 매한가지였다. 해변을 따라 걸었다. 해변의 끝을 향해 다가갈수록 이런저런 생각들이 쌓이기 시작했다. 2~3시간 후면 해가 뉘엿이 기울 텐데 걸어왔던 길을 다시 돌아나가 큰 길에서 다른 지역으로 이동을 시도해야 할까, 아님 해변을 벗어나도 이 길의 끝엔 무엇이 있을지 밤새 걸어가 볼까, 지금부터 박스를 구해 알맞은 곳을 찾아 돗자리를 펴고 박스로 지붕을 만들어 거처를 마련해볼까….

이런저런 생각을 공중에 퉁~ 띄워 놓고 터벅터벅 발길을 옮기며 속으로 노랫가락을 흥얼거렸다. 생각을 비우고 여유를 채우고 능청거리는 발짓에 사각거리는 모래를 느끼기 위해서였다.

짜증을 내어~서 무엇하나~ 성화를 바치어 무엇하나
속상한 일도 하도 많으니~ 놀기도 하면서 살아가세
니나노 늴리리야 늴리리야 니나노~ 얼싸 좋아 얼씨구 좋다
미친방랑 이리저리 훨~훨~ 발길따라 노니난다

마음을 비우고 능청거리며 속으로 노랫가락을 부르고 있는데 난데없이 눈앞에 큰 평상이 나타났다! 계곡도 아닌 해변에서는 좀처럼 보기 힘든 평상이었다. 왠지 그 평상을 본 순간 해가 지든 말든 시간이 흐르든 말든 그 평상에 철푸덕 앉아 철석거리는 바다와 파아란 하늘 그리고 갈마구의 노랫소리를 안주 삼아 시원하게 막걸리 한 사발을

하고 싶어졌다.

"어이 동상, 우리 발길을 멈추고 여기에 앉아 막걸리나 한 잔 하십
시다."

그 순간 나의 제안에 김방랑의 생각이 어땠는지는 알 수 없다. 자칫
그 애매한 시간에 밑도 끝도 없이 막걸리를 마시다간 정말 답이 없는
상황이 벌어질 수도 있었기 때문이다. 게다가 정확한 시기는 알 수 없
지만 곧 태풍이 온다는 소식도 전해들은 상태이기도 했다. 하지만 고
맙게도 김방랑은 아주 약간 당황한 듯하며 흔쾌히 대답을 해주었다.

"허허, 그러시지요~."

어찌어찌 방랑 중에 생긴 노잣돈이 조금 있었기에 귀한 막걸리를
한 병 시킬 수 있었다. 큰 평상을 차지하고 안주도 없이 달랑 막걸리
한 병을 주문한 것이 조금 미안하긴 했다. 하지만 사장님은 웃는 얼굴
로 시원한 막걸리 한 병을 흔쾌히 가져다주셨다. 게다가 너무 감사하
게도 오이와 작은 과자접시까지 내주셨다. 그런데 갑자기 사장님이
"잠깐만요" 하시더니 천막 뒤로 갔다가 웃으며 나오시더니 개다리소
반을 척 내주시는 게 아닌가!
"어허, 선비님들이 막걸리를 드시면 이게 딱이겠구만~."
나중에 안 사실이지만 그 개다리소반은 원래 이 천막가게에 준비

되어 있던 것이 아니라 우연히 장터에 나갔다가 쓸데가 없을 텐데 하면서도 그냥 갑자기 눈에 띄어 사가지고 오셔서 천막 뒤쪽에 놓아두셨던 것이었단다. 그런데 신기하게도 난데없이 한복을 입은 사람들이 평상에 앉더니 막걸리를 찾기에 '아! 그게 있었지' 하고 생각이 나셔서 가지고 오셨단다. 더 신기한 건 그 천막가게는 막걸리를 파는 곳이 아니라 생맥주에 통닭을 파는 곳이었다. 그런데 왜 막걸리가 있었는가. 이틀 전 사장님 지인이 막걸리를 사가지고 와서 드시다가 간 걸 팔기도 애매하고 버리기도 애매해서 그냥 넣어두었던 것이었다.

그 막걸리가 인연이 되어 잠시 쉬려고 앉았던 그곳에서 우린 자그마치 2박 3일이라는 엄청난 시간을 보내게 된다. 천막가게 홍보대사도 하고, 닭도 튀기고, 한복 입고 옛날통닭 배달도 하고, 서빙도 하고, 조개도 잡고, 허허허.

그 해변 천막가게는 이름하여 '옛날통닭'.

사장님한텐 없던 막걸리가 생겼고 또 그것을 찾는 요상한 선비들이 나타났고 그냥 툭 눈에 띈 개다리소반을 들고 왔는데 우리를 위해 준비한 듯 찰떡궁합으로 그림 좋고, 참 마술 같은 인연이다. 막걸리 한 병이 아니었다면 쉽게 지나쳤을 인연이었을 텐데. 정말 한 치 앞을 알 수 없는 게 사람일이다.

개다리소반에 막걸리가 척 얹어진 것이 멋스럽고 기분도 좋아서 막걸리를 시~원하게 한 잔 두 잔 쭈욱 들이켰다. 우리를 궁금해하시는 사장님께 방랑에 대하여 간략히 말씀드리며 주거니 받거니 얼씨구나 좋구나~!

"캬~, 풍광 좋고 기분 좋고 이 막걸리 한 잔에 세상천지가 내 것이로구나. 안 그렇소, 동상?"

"허허~ 좋습니다~."

"사장님! 기분도 좋은데 한 병 더 내주시지요! (작은 소리로 김방랑에게 물었다) 근데 동상, 우리 막걸리 한 병 더 마실 돈은 있는가?"

"다행히 벌어놓은 노잣돈이 그 정도는 있습니다. 한 병 더 편히 드시지요."

사장님이 막걸리를 내오신다.

"선비님들, 여기 막걸리 대령이옵니다~."

"그럼 선비님들은 오늘 어디서 주무시오?"

"세상의 모든 불빛이 모두 저희의 집이지요. 허허허."

"아이고, 이리도 멋질 수가 있나. 오늘 그럼 여기서 주무시지요."

"예? 여기에 잘 곳이 있습니까?"

사장님이 천막 왼쪽 편에 있는 텐트를 가리키신다.

"저희가 저 텐트를 점령해도 되겠습니까?"

"이렇게 인연이 되었으니 오늘 주무시고 내일도 주무시며 편히 쉬다 가시지요. 저희야 선비님들이 내일 척 허니 이 평상에서 막걸리 한잔 자시고 계시면 아~ 그림도 좋고 가게 홍보도 되고 사람들도 지나다니면서 즐거울 것이고, 누이 좋고 매부 좋고 아니겠습니까."

어허허허.

어느덧 웃음소리는 시간을 타고 늦은 밤까지 울려 퍼졌다. 기분 좋은 취기가 오른 사장님이 지난 인생 이야기를 풀어놓으신다.

"내가 젊었을 때 공장에서 프레스기계 다루는 일을 했는데 사고를 당해서 보는 것처럼 오른손이 많이 다쳤어. (오른손의 엄지손가락만 남아 있다) 그런데도 기 안 죽고 남들 보란 듯이 살아왔거든. 난 이 손을 해서도 중장비를 다뤄. 지게차도 다루고. 형제가 넷인데 나하고 우리 큰형님하고가 제일 잘 살아. 여기 가게 천막들도 거의 다 내가 친 거야. 태풍 불어도 뭐 끄떡없지. 이 손으로도 못할 게 없어.

나도 처음 사고 당하고는 의기소침해지고 자신감도 없어지고 그랬어. 그런데 두 손 멀쩡한 사람보다 무슨 일이든 내가 더 많이 했어. 물건도 더 나르고 일도 더 열심히 하고 못할 게 없더라고. 내가 정말 살아보니까 환경이나 상황 때문이란 말은 핑계고, 옛말이 틀린 게 아니

더라고. 사람은 정말 마음먹기에 달린 거야. 토끼 같은 마누라 얻고 예쁜 딸 낳고, 보기에는 내가 허름해 보이지만 나 먹고살 만해. 옛날 통닭 장사는 내가 하는 게 아니고, 나는 저 안에서 자고 있는 친구네 한철장사 도와주러 내려온 거야. 놀면 뭐해, 소일거리로 바닷가 바람도 쐬고 그러니까 이 멋진 선비님들 하고 소주도 한 잔 하고 떵호와지, 허허허."

어느새 우린 술 한 잔에 친구가 되었고 능청능청 취기가 오르며 서로 짙은 삶의 이야기들을 나누고 함께 웃으며 깊은 밤을 적셔갔다.

하룻밤이 지나고 태양이 고개를 들더니
바다 위를 반짝반짝 수놓는다.

어제와는 사뭇 다르게 해변에도 활기가 넘친다. 제법 사람들도 모
이고 여기저기 사람들 소리가 파도소리와 함께 해변의 정겨움을 더
한다. 우린 한복을 곱게 차려입고 본격적으로 가게 홍보와 배달에 나
섰다.

깃발을 들고 가게 앞에서 폼을 잡기도 하고, 해변을 거닐기도 하
고, 배달이 들어오면 통닭과 깃발을 어깨에 척 메고 나가 "옛날 옛적
500년 전 선비들이 옛날통닭을 가져왔소이다" 하고 재미있는 멘트를
날리며 해변에서 주문한 고객들에게 유쾌한 배달을 해주었다. 통닭을
받은 고객들이 함박웃음을 짓는 모습에 덩달아 기분이 좋았다.

통닭도 튀기고
가게 마스코트 행세도 하고
손님이 오면
닭도 내주고 서빙도 하고
점심시간에는 막걸리에 통닭을
한 상 근사하게 차려놓고
어허~ 500년 전 그 맛 그대로요
변치 않는 기맥힌 맛! 허허!
이렇게 너스레를 떨고 웃으며

가게 안과 밖을 오고가는 사람들에게
즐겁게 재미를 주기도 했다.

어디를 가야 할지, 어디에서 먹고, 어디에서 잘 수 있을지가 항상 가장 큰 걱정이었는데, 돌이켜보니 그런 고민을 할 필요가 없었다. 어디든 도착하게 되면 어떻게든 걱정들이 해결되고 있었다. 단지 그러한 만남을 기다릴 시간이 필요했을 뿐이다. 그 기다림이 물론 결코 쉬운 일이라고 생각하지는 않는다. 인간은 불완전하고 삶은 불확실하기 때문에 우리는 늘 오지 않은 미래에 대해 걱정을 하게 되는 것이다. 걱정을 한다고 우리가 완전해지고 삶이 확실해지는 것은 아니었다. 오히려 그런 불완전성과 불확실성을 더욱 크게 만들어줄 뿐이었다.

걱정하지 않겠다고 마음먹는다고 바로 걱정이 사라지진 않겠지만, 아직 오지 않은 미래에 대한 걱정에 사로잡혀 지금을 놓치지는 말자고 생각할 뿐이다. 언제 끝날지 확신할 수 없는 우리의 삶이거늘, 끊임없이 내일을 위해서 오늘의 행복을 미루고 있는 것보다는 지금 행복할 수 있는 것에 집중할 때, 우리의 삶은 비로소 행복에 다가갈 수 있다고 나는 믿고 있다. 내일 따위는 안중에도 두지 말고 막 살자는 이야기가 아니다. 지금에 집중해서 오늘을 행복하게 살아가자는 이야기다. 내일도 이내 오늘이 되고 만다. 오늘 행복하게 산다는 것은 내일이 오늘이 되었을 때도 그렇게 살겠다는 뜻이 된다. 곧 내 삶의 순간순간을 계속 행복하게 유지하기 위한 노력을 하겠다는 것이 되는 것이다. 오늘 행복하기 위한 삶을 살아가는 연습을 한다면 불필요한 고민과 걱정에 사로잡히는 시간이 분명히 조금씩 줄어들 것이다.

　이 방랑의 끝에서 우리는 무엇을 느끼게 될 것인가? 지금은 알 수 없는 질문들이 꼬리에 꼬리를 물고 있었다. 그렇게 우리의 밤은 깊어갔다. 🔲🔲

조개사냥 꾼~

우리는 주문진에서 제일가는 조개사냥 꾼~
야밤에 상투 틀고 조개 잡는 조개사냥 꾼~

검은 바다도 우리 앞에선 소용없다네~
첨벙첨벙 슥딱슥딱 조개사냥 꾼~

형님이 뜰채로 뜨면
아우는 낚아채니
빈틈없다 찰떡궁합

게 섰거라 조개들아
도망쳐도 소용없다
우린야 찰떡궁합 조개사냥 꾼~

배구공을 조개삼아 몸도 풀고
으짜라짜~ 으짜라짜~
통닭형님 합세하여
내일 식사 걱정없네~

이십원 쁘로젝뜨 미친방랑

바다야 들어간다

조개야 기다려라

우린야 찰떡콤비 조개사냥 꾼~

느낌 좋고! 바다 속으로~

레뒤! 액숀!!

아이 3:
가장 어른스러운 말

　방랑 8일차, 여독이 쌓였는지 눈이 퉁퉁 붓고 찌뿌둥한 몸 상태로 눈을 떴다. 습하고 축축한 걸 보니 밤새 비가 내렸나 보다. 텐트(옛날 통닭 형님이 제공) 지퍼를 주욱 열고 나가 답답한 목을 쿵쿵거리며 해변을 걸었다. 날이 조금씩 맑아지고 바다도 조용히 아침을 맞이한다. 비가 뜨거운 열기를 싹 씻겨낸 직후여서인지 해변의 공기는 청아했다. 숨을 깊이 들이마시고 내쉬어본다. 아~~ 좋다. 밤새 몸을 뒤척였던 찌뿌둥함이 순식간에 날아가는 듯했다.

　해변에 앉아 깨끗하게 차오르는 기분 좋은 아침을 만끽하고 있었다. 귓가에 아이들의 밝은 웃음소리가 들려온다. 고개를 돌려 뒤를 돌아보니 아주 귀여운 아이 두 명이 수영복에 튜브를 끼고 해변으로 달려온다. 여자아이는 5살 정도 되어 보이고 오빠로 보이는 남자아이는 7살 정도 되어 보인다.

"오빠~ 신난다."

"우아~ 바다에서 풍덩풍덩 놀자~."

"오빠, 넘어져! 조심해."

"응~ 이리와, 오빠가 손 잡아줄게."

"응응~!"

신이 나서 손을 잡고 웃고 있는 두 남매의 모습이 너무도 예뻐서 넋을 놓고 바라보고 있었다. 아이들의 웃음과 모습은 천국을 닮아 있었다. 그 모습을 보면서 나도 모르게 입가에 배시시 웃음이 배어 나왔다.

'나는 천국의 웃음을 어디다 둔 것일까?' 하며 이내 씁쓸한 듯 묘한 기분에 잠시 잠깐 사로잡혀 있었다. 그 순간 그 모든 생각과 아름다운 모습을 와장창 산산조각 내는 커다란 소리가 들렸다.

"야!"

깜짝 놀라 뒤를 돌아보니 아이들의 아빠로 보이는 한 젊은 남자가 아이들을 향해 소리친 것이었다. 깜짝 놀라서 멈추는 아이들.

"야! 비 오잖아!"

"응? … 안 와~."

"뭐가 안 와~. 오잖아."

사실 비가 멈추고 하늘이 개면서 아주 작은 알갱이들이 차분히 마무리를 하듯 살짝 흩날리고 있었다. 헌데 하늘은 이미 파아란 얼굴로 아이들을 향해 웃어주고 있었다.

"쪼금 오는데…."

"이게 쪼금이냐? 많이지. 많이 오고 쪼금 오고도 구별 못해?"

그 천진난만하던 아이들의 웃음은 깨진 유리조각이 되었고, 신이 났던 몸짓은 이내 주눅이 들었다.

"이리와! 비 맞으면 안 돼!"

지금 이 정도의 비를 맞으면 왜 안 된다는 것일까?

두 아이는 어른의 눈치를 보며 벙어리가 되었고, 해변에 설치된 탈의실 천막 구석에 튜브를 끼고 애처롭게 서 있었다.

잠시 후, 비는 전혀 내리지 않고 햇살이 비추면서 해변에도 제법 따스한 기운이 감돌았다. 머쓱한 듯 머리를 긁적이며 아빠가 앞서 걷자 아이들은 이내 신이 나서 달려간다. 튜브를 한껏 치켜 올리고 병아리들처럼 기대에 찬 종종걸음으로 아빠 옆에 다가서는 아이들.

"아빠! 이제 들어가?"

"이제 들어가도 돼?"

"야, 수영하는 사람 하나도 없잖아."

또다시 실망을 한 아이들은 아빠의 그 말에 어찌 대답해야 할지 몰라서 눈만 껌뻑이고 두 조막손은 튜브를 꼭 잡고 서 있었다. 세 발자국만 내딛으면 그렇게 만나고 싶은 바닷물에 닿을 수 있는데 하는 마음이 아이들의 손가락과 발가락을 계속해서 꼬무작거리게 했다.

아이들은 잠시 아무 말 없이 서 있는 아빠를 똘망거리는 눈빛으로 바라봤다. 아이들의 초조한 마지막 희망은 아직 살아있어서 발가락의 꼼지락거림은 두 배로 빨라졌다.

"안 돼, 오늘은. (획 돌아서면서) 가자."

몸에 튜브를 끼고 눈앞에 보이는 바다를 반짝이는 눈으로 아직 바라보고 있는 아이들. 어른은 아이들에게 모든 걸 접고 발길을 되돌릴 수밖에 없는 가장 어른다운 마지막 한마디를 했다.

"내일 하자."
꿈이 꺾인 아이들은 터벅터벅 어른을 따라갔다.

아이들에게
내일은 없다,
지금만 있을 뿐.

어른에겐
내일도
먼 내일도
머나먼 내일도
너무 많은 내일이 있다.

당장의 귀찮음을 회피하고 싶어 '지금'을 잠시 속이기 위해 '내일'
이라는 말이 생겼을까?

해변에 홀로 앉아 있는 난 아이일까 어른일까? 🔳

인무원려
난성대업

관동팔경 중에 제1경으로 불리는 경포대는 경포호를 내려다볼 수 있는 작은 둔덕 위에 지어진 팔각정자다. 멋들어진 소나무들이 만들어준 그늘 길을 따라 오르니 경포대라는 현판이 나타났다. 둔덕 아래로 넓게 자리 잡고 있는 경포호가 한눈에 들어온다. 저 멀리 동해바다도 보이는 게 과연 관동팔경이라 불릴 만한 곳이로구나 싶었다.

바로 정자 안으로 들어서지 않고 우선 주위 풍경 감상을 위해 정자 주변을 거닐고 있는데 화가 한 분이 소나무를 그리고 있었다. "여기 경치가 참 좋네요"라고 가볍게 인사를 나누고 다음 모퉁이를 돌아서는데 또 다른 분 역시 소나무를 그리고 계셨다. 경포대가 소나무 그림 그리는 명소인가 보다. 소나무 그리는 사람을 두 번 연속으로 마주쳐서였을까. 실례가 될지도 모른다고 생각했지만 조심스레 말을 걸었다.

"여기 자주 오셔서 그림 그리시나 봐요?"

"아, 며칠 전부터 와서 그리고 있어요."

"그림이 참 멋지네요. 그런데, 제가 괜히 그림 그리시는 데 방해가 된 건 아닌지요?"

"아니에요. 괜찮습니다. 그런데 보통 다들 그렇게 생각하는가 봐요.

저희는 사람들과의 만남도 반갑게 생각하며 이런저런 이야기를 나눌 마음이 있는데, 다들 방해가 될 것 같아서라고 생각하는지 말을 잘 안 걸어주더라고요. 여기 와서도 그쪽이 처음으로 말을 걸었네요."

상대방을 존중해주는 마음은 좋은 마음이지만 어느샌가부터 사람과 사람 사이의 거리가 멀어지기 시작하면서 존중이 무관심으로 변했나 보다.

"그런데 뭐 하시는 분이신데 이렇게 한복을 멋지게 차려입고 여길 다 오셨나요?"

화백님의 질문에 '이십원 쁘로젝뜨: 미친방랑'에 대해 설명해드렸다. 그러자 화백님이 내 어깨 너머로 '박화백'을 불렀다. 처음에 잠깐 인사말만 나누고 지나쳤던 젊은 화백이 다가왔다. 두 사람은 함께 여행을 다니면서 소나무 그림을 그리고 있다고 했다. 경포대의 다른 곳을 둘러보던 문방랑과 정수리도 자연스레 대화에 합류했다.

그렇게 이루어진 만남이 반가우셨는지 화백님이 글을 한 자 적어주시겠다고 하셨다. 화선지를 피고는 조심스럽게 붓을 움직이자 하얀 화선지에 검은 선들이 아름답게 미끄러지면서 '人無遠慮難成大業(인무원려난성대업)'이라는 글자가 수놓아졌다. 안중근 의사가 생전에 남긴 글귀로 '사람이 멀리 생각하지 못하면 큰일을 이루기 어렵다'라는 뜻이다. 경포대로 올라오는 초입에 있는 비석에 새겨져 있는 글이기도 했다.

"인무원려 난성대업. 요즘 보면, 사람들이 멀리 못 보는 거죠. 공간적으로도 시간적으로도. 우리 세대는 나중에 잘 되면 된다고 생각하면서 시간 다 보내고 애 키우다가 어느새 늙어버려 후회하곤 했는데, 요즘은 나중이 아니라 그냥 지금 다 해버리는 거예요. 그런 게 좀 안타까워요. 항상 의식할 필요는 없지만, 지금이 너무 좋은 세상이다 보니 희망을 못 가지는 거라고 할까? 옛날에는 어려울 때 희망을 가지고 항상 나중을 생각하면서 멀리 보고 그랬는데, 지금은 어렵지 않아서 그런가, 멀리 못 보는 거 같아요."

멀리 내다보지 못한다라는 말씀이 마음에 와 박혔다. '오늘 행복하자'를 좌우명으로 삼으며 내일보다 오늘에 집중해서 살고 있는 내게 하시는 말씀 같았다.

희망을 못 가지는 이유가 너무 좋은 세상일지도 모른다는 말에 일부분 공감하지만 동의하기는 어렵다. 요즘 청춘들을 세상은 3포, 5포, 7포 세대라고 부른다. 참을성과 도전정신이 없는 나약한 세대라고 꾸

지람도 듣는다. 그런데 정말 청춘들은 참을성과 도전정신이 없어진 것일까?

수명은 늘어났지만 일할 수 있는 시간은 줄어들었다. 인터넷에 돌고 있는 '인생 테크트리-기승전치킨'이 농담이 아니라 진담으로 받아들여지고 있다. 단순히 세대차이로만 해석할 수 없어졌다. 윗세대들이 안정을 추구하는 모습을 보며 자라온 아랫세대에게 도전정신이 부족한 건 어쩌면 당연한 일이 아닐까.

윗세대의 탓이라고 말하고 싶은 게 아니다. 시대가 바뀌었음을 윗세대도 아랫세대도 깨달아야 한다. 윗세대의 방식은 더 이상 아랫세대에게 적용하기 힘들어졌다. 새로운 방식을 찾아야 한다. 그런데 대부분의 청춘들은 여전히 좋은 대학에 들어가야만 성공한다고 믿고 있다. 좋은 직장에 취업하는 것만이 성공인 세상이 아니다. 예전의 방식은 더 이상 안정적이지 않다. 그런데도 지금의 청춘들은 윗세대가 만들어놓은 틀 안에서 낙오자가 되는 걸 두려워한다. 피라미드 구조의 경쟁세상에서는 모두가 열심히 해도 낙오자가 생길 수밖에 없다. 이를테면 좋은 회사에 들어가는 것보다 어떻게 해야 좋은 회사가 많아질 수 있을지 고민해보는 게 더 중요한 게 아닐까? 화백님 말씀처럼 더 멀리 내다봐야 한다. 윗세대와 아랫세대가 함께 말이다.

"청춘들에게 묻고 싶어요. 뭐가 그렇게 힘들죠? 옛날이야기 하면, 옛날이니깐 그렇다고 하겠지만, 사실은 예나 지금이나, 잘 살아도 못 살아도 걱정은 늘 있죠. 근데, 보통 청춘들이 하는 걱정을 보면 본질적인 걱정이 아닌 경우가 많아요. 요즘 청년들은 외물을 보는 거죠. 자기성찰을 통해서 내가 이 세상을 살아가는 방법을 찾아가는 게 삶인데, 그냥 좀 힘들다 싶으면 포기해버리는 것 같아요. 삶과 자기 자신에 대한 철학의 부재가 참 안타까워요. 우리들 세대의 불찰이겠지만…"

맞는 말씀이다. 자기성찰이 필요하다. 항상 나를 잘 살펴봐야 한다. 그런데 그럴 여유가 없나 보다. 언제부터인지 사람들은 나 자신을 바라볼 시간은 잃어가면서 타인의 시선에 의존하기 시작했다. 그래서 삶에 대한 고민은 줄고 대신 걱정이 늘어났다. 예측 불가능한 미래에 대한 고민은 필요한 법인데, 카르페디엠이라고 자신을 속이며 난 걱정 같은 건 하기 싫다며, 행복하게 살기 위해 꼭 필요한 고민을 걱정이라 오해하고는 쉽게 포기하고 있는 건 아닌지 모르겠다.

사람은 누구나 행복하길 원한다. 그러기 위해서는 끊임없는 자기성찰을 통해 내가 누구인지 알아야 한다. 그래야 어떤 행복을 원하는지 알 수 있고, 어떻게 해야 그 행복을 얻을 수 있는지 알게 되는 것이다.

우리가 공부를 하는 이유는 행복하기 위해서여야 한다. 대학에 들어가고 안정적인 직장을 구하기 위해 하는 것만이 공부가 아니다. 일상에서 우리는 매일매일 공부를 하고 있다. 어떻게 하면 내가 행복할 수 있을지에 대한 단서가 도처에서 하루에도 수십 번씩 나를 찾아온다. 단지, 우리가 그것을 제대로 마주하지 못하고 있을 뿐이다. 그것들을 마주하는 첫 단계가 자기성찰이 아닌가 싶다. 사회가 말하는 대로 산다고 모두가 행복할 수는 없다. 보편적 가치란 그런 것이다. 행복에 이르는 정답은 따로 있는 게 아니다. 그래서 개개인이 직접 찾아야 한다.

인무원려 난성대업. 큰일은 따로 있는 게 아니다. 나의 행복을 추구하는 일이 우리의 삶에서 가장 큰일이 아닐까 싶다. 나를 행복하게 하는 것을 주저없이 고민하는 사회가 되었으면 좋겠다. 우연히 만난 화백님 덕에 나의 행복은 어떤 모습인지 또 한 번 그려보게 된다. 아직은 미생이라 거친 스케치뿐이지만 남은 삶은 아름답게 물들이고 싶다. 다들 그랬으면 좋겠다. 🔲

푸른 바다
푸른 청춘

한발
내딛으면

고운 빛깔
금빛 모래
위이건만,

왜 그리
벌겋게 녹슬어 달아오른
쇳덩이 위에서 안달이오

그대,
지금 앉아 있는
'의자' 무엇이오?

Gnothi
seauton

'왜?'라는 단어는 참으로 신비하다. 우리를 생각하게 만드는 힘을 가지고 있다. 타인에 대한 관심을 불러일으키는 것도, 그 타인에 대한 이해를 하게 되는 것도 바로 이 '왜?'라는 질문에서 시작한다. 우리 이십원이 길 위에서 가장 많이 들은 단어도 바로 이 '왜?'다. '왜 이십원이죠?' '왜 한복을 입었죠?' '왜 방랑을 하는 거죠?' 등등 정말 수도 없이 들었다.

자전거로 세계여행을 할 때도 마찬가지였다. 그때도 '왜?'라는 질문 세례를 받았다. 우리의 삶 속에서 이 '왜?'라는 질문은 끊임없이 우릴 따라다닌다. 하지만 이 '왜?'라는 질문에 나는 쉽게 답을 하기가 너무나도 어렵다. 왜냐하면 내가 태어난 순간부터 지금 이 순간까지를 모두 설명할 수가 없기 때문이다.

꼬리에 꼬리를 무는 '왜?'라는 질문에 대한 답을 내리기 위해서는 이처럼 한 사람의 인생을 온전히 설명해봐야 한다고 나는 믿고 있다. 법정스님이 말씀하신 것처럼 한 사람을 이해한다고 말하는 순간 우리가 오해를 하게 되는 것은 바로 이런 이치라고 생각한다. 단편적인 정보만으로 그렇구나 하고 답을 내리는 순간 오해가 시작되는 것이다. 그렇다고 주저리주저리 그 많은 것에 대해서 설명을 하고 있을 만큼 우리들의 삶은 시간적으로 여유가 많지 않다. 누군가가 내게 '왜 미친방랑을 하는 거예요?'라고 물었을 때, '제가 1980년 12월 2일에 태어났는데요' 하며 이야기를 시작한다면 정말 미친놈이라고 생각하기 쉬울 것이다.

하지만 '왜?'라는 질문은 분명하게 중요하다. '왜?'라는 질문은 내가 누구인지 스스로 나를 찾아가는 여정의 시작이기 때문이다. 흔히 사람들은 여행을 자기 자신과의 만남이라고 표현하곤 한다. 주변의 환경 속에 가려져 있던, 때로는 바쁜 일상에 쫓겨 모른 척했던 자기 자신을 만나게 되는 기회를 일상보다 얻기 쉬운 게 사실이기 때문이다. 길 위에서 만나는 수많은 사람들이 던지는 '왜?'라는 질문에 답을 하면서 자신이 누군지를 확인하게 되고, 나와 다른 사람들을 만나면서 그들에게 '왜?'라는 질문을 던지면서 또 나는 어떤 사람인지 확인하게 된다.

'Gnothi seauton!' 그 유명한 소크라테스가 한 '너 자신을 알라'는 문장이다. 아마도 중학교 때 처음 이 문장을 접하게 된 것으로 기억한다. 그때는 '너 자신을 알라'는 이 말이 가진 의미를 잘 알지 못했다. 사실 대학생이 되어서도 이 말이 '왜' 그렇게 유명한 말인지 알지 못했다. 그 유명한 철학자 소크라테스가 죽기 전에 남긴 말이라서 그런가보다 싶었을 뿐이었다. 하지만 자전거로 세계여행을 하면서 나는 이 말이 '왜' 대단한 말인지 알게 되었다. 모든 사람들은 삶에서 행복을 추구한다. 그 행복을 추구하기 위해 제일 먼저 알아야 할 말이 바로 '너 자신을 알라'였다. 나를 알아야만 내가 어떻게 살아야 행복한

지를 알 수가 있었다.

　너무나도 많은 사람들이 자신이 누구인지 잘 모른 채로 삶을 살아
간다. 많은 청춘들이 자신의 꿈이 무엇인지, 어떤 삶을 살고 싶은지
모른다고 한다. 자기 자신이 누구인지 모르기 때문이다. '나는 누구인
가?' 하는 질문을 자신에게 던져야 한다. 그러기 위해서는 지금 현재
의 나에게 '왜'라는 질문을 던져야 한다. 지금 자신이 하고 있는 일을
'왜' 하고 있는지, 좋아하는 것들이 있다면 '왜' 좋아하는지, 싫어하는
것들은 또 '왜' 싫어하는지, 자신과 관련된 많은 것들에 대해서 '왜'냐
고 물어봐야 한다. 그렇게 끊임없이 자신에게 '왜'냐고 물어나가면서
'나'라는 매우 복잡하고 커다란 존재를 이해해나가야 한다. 그렇게 하
고 나면 분명히 나의 삶을 어떻게 행복하게 이어갈 수 있을지 답을 찾
을 수 있을 것이다. 🔲

Modern Boy

"김방량~, 순심이하고의 연애는 어찌 되어가고 있소?"

"순심이가… 누구더라."

"어허허. 이런 나~쁜 남자."

"형님은 언제까지 그렇게 고독을 즐기실 생각이오?"

"음… 어제 경성에 새로 생긴 딴스홀을 다녀왔소."

"엇, 예쁜 모단걸 들이 많습디까?"

"음…약이 좋습디다."

인정하기, 인정받기

"야, 너희들 오늘 우리가 안 왔으면 아직도 굶고 있을…."

한 상 가득 차려진 음식들 건너로 말하다가 다시 정정하는 인배형.

"아니다. 그동안 페이스북 보니깐 우리 아니어도 굶진 않았을 거 같다. 너네 진짜 대단하다!"

"대단은 무슨, 그저 하고 싶은 일을 하는 것뿐인데…."

"그런 도전과 실천정신이 대단한 거지. 니들 진짜 멋진 놈들이야. 사실 문방랑은 뭐, 워낙 광대라 큰 걱정은 안 했지만, 특히 김방랑 네가 제일 걱정이었는데 우리가 괜한 걱정을 했구나 싶다."

형들이 엄지손가락을 치켜세워줬다. 우리의 방랑에 관심을 갖고 응원 와준 형들(리치형, 인배형 그리고 창덕이형)이 고마웠다. 나의 부족함을 걱정하던 형들로부터 인정을 받았다고 생각하니 기쁘기도 하면서 또 한편으로는 부끄럽기도 했다.

내가 미친방랑을 떠난다고 했을 때, 대부분의 주변 사람들은 정말 미친 짓이라고 했다. 단돈 20원을 가지고 부산까지 가겠다고 했을 때, 많은 사람들은 무모한 도전이라고 말했다. 자전거로 세계여행을 한 경험이 있는 나였지만, 우리들의 미친방랑을 무전여행이라고 생각한 사람들은 분명 실패할 거라고 말했다. 요즘 세상에 누가 히치하이킹을 시켜줄 것이며, 자기 집에 사람을 재우는 것은 더더욱 말도 안 되는 일이라며, 실패했다고 술이나 한 잔 사달라고 이야기해도 괜찮다면서 저녁 때 홍대에서 보자고 말하는 사람도 있었다.

실패해도 괜찮다는 위로를 해주기 위해서 던진 말이었겠지만, 그 말은 내 마음에 꼭 성공해 보이고 말겠다는 의지와 함께 불안감을 심어주었다. 우리나라가 그렇게 삭막한 곳이 아니라는 믿음이 분명하게 있었지만, 구걸을 위한 방랑은 아니었기에 내재하고 있던 불안감은 주변인들의 우려와 함께 커졌다.

사실 방랑을 시작하면서 나도 내가 제일 걱정이었다. 정수리는 무거운 카메라 가방을 메고 우리의 모습을 사진으로 남기기 위해 고생을 하기로 한 상황이라 먹거리와 잠자리 그리고 이동수단까지, 사진 작업을 제외한 미친방랑의 대부분의 미션들은 우리 두 방랑이 다 책임지기로 했기 때문이다. 방랑 전 노잣돈 벌이에 대한 고민을 할 때, 정 안 되면 거리에서 공연을 하면서라도 밥은 먹고 다닐 수 있을 거라는 문방랑의 자신감 넘치는 말에 사실 나는 겉으로는 웃으며 나도 함께 열심히 해보겠다고 말했지만, 마음 한편으로는 내가 잘 해낼 수 있을까 하는 걱정이 있었다. 하지만 생각보다도 내 안에 있는 자신감(이라고 쓰고 뻔뻔함이라고 읽자)이 잘 발현된 것 같다.

어린 시절의 나는 분명 자신감이 충만한 아이였다. 그러던 어느 날 부모님의 이혼과 부재를 경험하면서 위축되기 시작했고, 눈치라는 것을 보기 시작했다. 그러한 삶의 자세는 나의 학창시절을 지배했고, 나는 자신감을 잃어버렸다. 아니 잃어버렸다기보다는 타인의 시선에 민감해지면서 내 안의 자신감은 찾지 않았던 것이다. 선생님이 던진 질문에 대한 답을 하고 싶은 마음이 있으면서도 혹시나 친구들에게 잘난 척을 하는 것처럼 보이거나 틀렸다는 대답에 손가락질을 받을까 봐 두려웠다. 사람들 앞에서 노래하는 것이 부끄러운 일이 아니라고 생각하면서도 그들의 판단이 행여나 비난으로 올까 봐 두려워 움츠러들곤 했다. 친한 사람들 앞에서는 그래도 곧잘 내 모습을 드러내곤 했었다. 그들은 날 비난하지 않을 거라고 안심할 수 있었기 때문이다. 하지만 그렇지 않은 사람들 앞에서는 언제나 마음이 움츠러들었다.

한복을 입고 다니는 것 자체는 두려운 일이 아니었다. 자전거로 세계여행을 한 내게 그 정도 배포는 있었다. 사람이 두려웠다. 내가 부족한 것들을 해결해줄 사람들에게 인정을 받을 자신이 없었던 것이다. 먹고 자는 일을 해결해야 하는 것은 그렇게 나에게 부담이었다.

하지만 미친방랑을 하는 동안 부담은 점점 작아지고 자신감이 커지기 시작했다. 길에서 만난 사람들 덕분이다. 길에서 만난 사람들은 정말 말도 안 되게 그린 그림이었지만 내가 그린 캐리커처를 받고 진심으로 기뻐했다. 간혹 이메일로 전송이 되지 않았다며 다시 꼭 전송해 달라고 하는 사람들도 있었다. 내 부족한 노래실력에 즐거워했고, 어색한 춤사위에도 함께 어깨를 들썩이며 흥겨워했다. 나 혼자 부족하다고 책망하고 있었던 것이다. 내 기준보다 사람들은 훨씬 더 관대했다. 두려움이 사라지고 반가움이 찾아왔다. 어느덧 길에서 만나는 사

람들에게 먼저 말을 걸고 농담을 던지면서 즐거움을 전해주는 일이
나 역시 좋았다.

꼭 잘해야만 하는 게 아니라고, 그냥 즐기는 모습 그 자체로도 충분
히 사람들에게 좋은 에너지를 건네줄 수 있음을 미친방랑을 하면서
마음 깊이 깨달았다. 타인의 시선이 두려운 건 그들이 정말 그런 눈으
로 나를 바라보고 있기 때문이 아니라, 내가 스스로 만든 상상 속의
시선을 두려워했기 때문이었다. 타인의 인정을 필요로 하기 이전에
스스로가 자신을 인정해야 했다. 남에게 인정받는 것도 기분이 좋지
만, 내가 나를 인정하는 기분도 그에 못지 않다는 것을 알게 되었다.
이 상태로 또 다른 타인에게 인정을 받는다면 아마도 더욱 행복할 것
같다. 세상을 이해하는 첫걸음은 역시 나로부터 시작된다는 것을 깨
닫는 밤이다. 🔲

이십원 쁘로젝뜨 미친방랑

넌

나를 숨 막히게 무시했던 넌
나를 차디찬 시선으로 뭉개버린 넌
나를 괴로움의 터널 속에 가두어버린 넌
나를 울분에 차오르게 하여 날 괴물로 만든 넌
나를 슬픔과 외로움의 파도에 휩쓸려 무릎 꿇게 만든 넌

나를 죄인처럼 옭아매어 차디차고 깊은 물속으로
비참히 끌고 들어간 넌

나

GO! DO!

고개 넘어오면 도착한다 하지 않았나?
고생길 넘어오면 도착한다 하지 않았나?

고드름 녹아 흐르고 도둑 고양이는 하품을 하는데
고비사막 신기루에 빠졌나 도저히 알 수가 없네.

고급차를 타고 도착하나
고물차를 타고 도착하나

고것 참 도저히 알 수 없네.

여보게~ 자네 언제까지 기다릴 건가?
GO! DO!

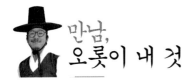

만남,
오롯이 내 것

"저 정동진까지 가는데 태워드릴게요. 타세요!"

20대 초반으로 보이는 단발머리 아가씨가 미소를 지으며 경쾌한 목소리로 맞이해주었다. 귀여운 파란색 소형차를 탄 윤화라는 이름의 아가씨는 학원에서 학생들을 가르치고 있는 선생님이라고 했다.

"태워주셔서 참 감사한데, 어찌 남자 3명을 겁도 없이 이리 태워줄 수 있었습니까?" 하고 물어보았더니, "이렇게 한복을 멋지게 차려입으신 선비님들께서 나쁜 일이야 하실 리가 있겠습니까?"라고 대답한다. 참 발랄한 아가씨. 정동진이 집이라는 윤화 낭자는 우리를 정동진까지 데려다주었다.

윤화 낭자는 한때 꿈이 배우가 되는 것이었다고 했다. 문방랑 직업이 배우라고 알려주자 "오늘 저 완전 복 받았네요"라며 웃는다.

"어떻게 하면 연기를 잘할 수 있을까요?"

윤화 낭자의 질문에 잠시 고민을 하던 문방랑이 답했다.

"세상에 지친 표정 말고, 내 마음의 표정을 자주 만나십시오."

연기에 대해서 잘은 모르지만 연기에 대한 문방랑의 생각에 참 대단한 형이구나 싶었다. 18년이라는 긴 시간 동안 배우로서 삶을 살아온 문방랑의 내공이 느껴지는 순간이었다. 문득, 나는 어떤 표정으로 세상을 살아가고 있나 궁금해졌다. 내 마음의 상태도 얼굴에 그대로 표현되는지 말이다.

찢어진 작은 눈은 어릴 적 내 콤플렉스였다. 이런저런 호기심으로 주위를 둘러볼 뿐이었는데, 어디서 그런 눈으로 쳐다보냐며 얻어터지곤 했다. 어떤 여자아이들은 기분 나쁜 눈빛이라고 하기도 했다. 사회에 나와서도 첫인상이 좋은 편은 아니었다. 지금도 누군가에게는 그렇게 보일지도 모르지만 길고 긴 여행을 마치고 한국에 돌아왔을 때, 사람들은 내 인상이 참 좋다고 많이들 말해주었다. 자연스럽게 내면의 상태가 밖으로 드러나고 있는 건지, 아니면 삶의 경험을 통해 콤플렉스를 극복해나가는 중인 건지 잘 모르겠다.

강릉에서 정동진까지는 차로 30분이 채 걸리지가 않았다. 정동진 해변에 데려다준 윤화 낭자와 기념사진을 찍고 헤어지려고 하는데, 뭔가 마음에 걸리는 일이 있는지 조금은 어색한 표정으로 말했다.

"저기… 혹시 오해하실까 봐 그러는데, 보조석 대시보드에 오는 길

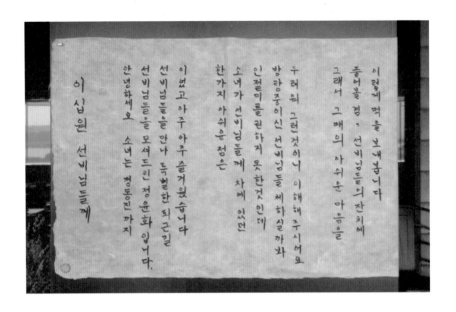

이렇게 먹을 보내봅니다

들어올 점, 선비님들의 잔치에

그래서 그때의 아쉬운 마음을

두려워 그런것이니 이해해 주시어요

방라중이신 선비님들 써하실까봐

인절미를 권하지 못한것인데

소녀가 선비님들께 차에 있었던

한가지 아쉬운 점은

이었고 아주아주 즐거웠습니다

선비님들을 만나 특별한 되근길

선비님들을 모셔드린 정운화근길

안녕하세요 소녀는 정동진까지

이십원 선비님들께

에 먹던 떡이 있었는데, 먹던 것이기도 했고, 또 혹시라도 체할까 봐
걱정이 돼서… 소녀, 선비님들께 먹어보라고 권해드리질 못했나이다."

별 생각이 없던 우리였는데 이런 작은 부분까지 세심하게 배려해주
는 윤화 낭자의 말에 마음이 사르르 녹는다. 여기까지 태워다준 것만
으로도 고마운 일이니 그런 걱정은 접어두라고 말하고는 그렇게 윤
화 낭자와 헤어졌다.

방랑을 모두 마치고 서울에 돌아와서 미친방랑에 대한 토크쇼 형식
의 강연회 '조선기방'을 진행했었는데, 그때 윤화 낭자는 우리에게 동
해의 명물이라고 불리는 기정떡을 소포로 보내주었다. 편지도 함께
동봉해서 보내주었는데, 아주 빼어난 명필은 아니었지만 한지에 직
접 붓으로 쓴 손글씨를 보고 있노라니 한 글자 한 글자 마음을 담아서

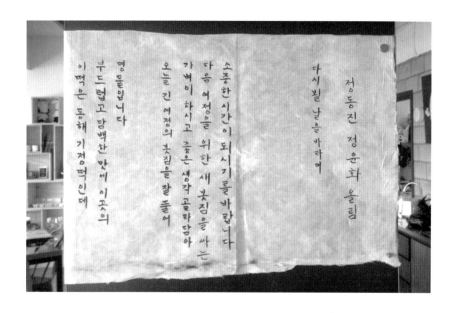

보내준 것이 느껴졌다. 우리를 만나 특별한 퇴근길을 경험해 즐거웠다고 말하는 윤화 낭자. 그녀를 만난 것이 오히려 우리에게 참으로 큰 행운이었고, 행복이 되었다.

여행이 주는 큰 즐거움 중에 하나가 바로 만남이 아닌가 싶다. 떠나기 전에는 누구인지 알 수 없지만 누군가 길 위에서 나를 기다리고 있다. 그 기다림은 나를 위한 것인 동시에 기다리는 그 사람을 위한 것이기도 하다. 떠나지 않는다면 그 만남은 이루어지지 않는다. 그렇기에 그 만남은 온전히 내 것인 동시에 그 사람의 것이다. 그 만남에 기쁨이 있다면 그것 역시 내 것인 동시에 그 사람의 것이 된다. 삶도 마찬가지다. 인생이라는 길 위에 수많은 만남들이 우리를 기다리고 있다. 그 만남들을 오롯이 내 것으로 만들기 위해 또 한 걸음 정처 없는 발걸음을 내딛는다.

문방랑의 답글

문방랑입니다.
그랬습니다. 참으로 그랬드랬습니다.

방랑을 하며 수많은 사람들을 만나고 수많은 차를 탔습니다. 그때마다 뜨거운
아스팔트처럼 지리멸렬한 세상 속에서 혼자가 아니라 사람과 함께했고,
사람 마음에 기대었고, 사람 마음에 얹어진 온기를 이슬처럼 받아먹었습니다.
그 순간순간 제 가슴을 울리고 제 가슴을 채우고 절 숨 쉬게 했던 건,
사람이었습니다. 그 따스한 온정이었습니다.
내가 아는 사람이든 내가 모르는 사람이든 그것은 중요한 것이 아니었습니다.

그저 사람이었습니다.
우리는 척박한 이 세상을 함께 살아가는 커다란 의미에서 가족이고,
그저 손 내밀고 웃어주는 마음만으로도 서로에게 큰 힘이 되는
그런 친구입니다.

우리 사람 마음 타고 가실래요?

이십원 쁘로젝뜨 미친방랑

한복,
마음을 담은 옷

왜 이십원이냐는 질문과 함께 우리가 가장 많이 들었던 질문 중에 하나가 바로 '왜 한복인가?'였다. 처음부터 '이십원 쁘로젝뜨: 미친방랑'을 한복을 입고 해야겠다고 생각했던 것은 아니었다. 두 벌의 티셔츠와 바지 한 벌 정도로 다녀볼까 했었다. 최대한 가벼운 짐을 꾸리는 것이 목적이었기 때문이다. 그러다가 기왕이면 이십원이 팀이라는 분위기도 내면서 의미도 가질 수 있는 그런 복장을 입어보기로 했다.

우리 자신에게 미친방랑은 삶이라는 여정 속 하나의 쉼표였다. 그렇게 우리는 '이십원 쁘로젝뜨: 미친방랑'을 통해 자본주의 사회에서 경쟁이라는 함정에 빠져 주위를 둘러볼 여유도 없이 앞으로만 내달리는 사람들에게 조금은 주변도 돌아보는 여유를 가져보라는 메시지를 던져보고 싶었다. 그러다가 떠오른 단어가 '유유자적'이었다. 여유가 있고 한가로워 걱정이 없는 상태, 속박됨이 없이 자유로운 상태를 뜻하는 유유자적이란 단어는 청춘들에게 열정과 도전의식으로 하고 싶은 일을 마음껏 해보라는 메시지와도 잘 어울리는 말이었다. 유유자적하게 미친방랑을 하기에 가장 어울리는 옷은 우리 옷, 한복이었다. 그렇게 우리는 한복을 입게 되었다.

익숙하지 않다는 것은 불편함을 가져다주었다. 처음 한복을 입었을

때, 모든 게 불편했다. 빳빳하게 날이 선 깃은 목을 이따금씩 아리게 했고, 버선은 발을 옥죄였다. 세탁이 쉽고 빠르게 마르는 재질로 맞추긴 했지만 땀 흡수력이 좋지 못했고, 긴소매 저고리 위에 입은 쾌자는 멋지긴 했어도 무척이나 더웠다. 일상생활을 위한 것이 아닌 갓신은 군대에서 신던 군화보다도 더 딱딱해 금세 발에 피로가 왔다. 옷고름을 매는 일도, 상투머리를 쓰는 일도 쉬운 일이 아니었다.

하지만 시간이 모든 걸 해결해주었다. 어느새 한복이 몸에 익숙해지기 시작하자 불편함이 사라졌다. 아니, 오히려 한복의 장점들을 하나둘씩 발견하게 되었다. 머리 위의 커다란 갓은 바람이 불어도 날아가지 않으면서 뜨거운 태양빛을 차단해주었다. 널찍한 소매는 음식을 먹을 때 급하게 먹지 못하도록 손놀림을 차분하게 해주었다. 품이 넓은 바지저고리는 행동에 제약이 별로 없었다.

무엇보다 매일 아침 한복을 입으면서 하루를 대하는 삶의 태도가 달라졌다. 매무시를 단정하게 하기 위해서 옷을 입고 고름을 하나하나 맬 때마다 차분한 마음을 갖게 해주었다. 하루를 준비하면서 이렇게 내 차림새를 차분하게 살펴본 적이 언제였나 싶었다.

길 위에서의 행동도 차분해져 있었다. 급하다고 뛰지 않았다. 부는 바람에 쾌자가 춤을 추듯 펄럭이듯이, 느긋하게 받아들이며 유유자적하게 다닐 수 있었다. 그렇게 한복은 우리 옷이 되어 있었다. 바쁜 시절 우리 청춘의 삶이 조금은 유유자적했으면 좋겠다.

갓

내 그대를 만나
삼복더위 뜨거움을 낭만으로 만나고
지나가는 소나기도 갓에 부딪혀 흩어지는
속삭임으로 황홀했네.

참으로 생김새도 요상한 친구여,
그저 머리에 턱 얹어 갓끈 동여맬 때

내 자만심
너의 고즈넉함과 느림에 가라앉았네.

바람이 불면
그저 자신의 몸을 다 내주어 통하여 지나가게 하고
뜨거운 태양 받아내어 멋진 수묵화 비추어 그리네.

'가' 벼운 몸짓 지니어
'ㅅ' 시옷

그 사람 글자 밑기둥에 턱 기댄

바람~ '시'
옷 입은 친구여

그대 '갓' 이여

여정 함께해주어 고맙고, 많이 배웠구려.

내 복잡하고 무거운 머리에
바람 얹어주었네.

그대가 나에게 건넨 마음
간직하고 살자 하네.

방랑의 공식

방랑의 공식 스텝 원
1일 1식

문방랑 오늘 첫 끼니이자 마지막이 될 수 있으니 든든하게 먹어둡시다.

김방랑 훌륭한 식사입니다. 그려~.

정수리 형님들, 오늘은 어디로 향하실 계획이시오?

문방랑 난 계획이 없소만~. 김방랑은 어디가 땡기시오?

김방랑 배가 땡깁니다. 배가 고파서.

문방랑 어허허허.

정수리 형님들, 나는 오늘 그냥 이 그늘밭에서 널부러져 쉬어가면 좋겠소.

문방랑 그럼, 그렇게 하십시다. 까짓것, 무엇이 문제이고 무엇이 걱정이겠소.

정수리 그럼, 저는 옷을 좀 널겠습니다.

앗! 뜨거 뜨거!

김방랑   아~후, 형님, 오늘 온도가 도대체 몇 도입니까?

문방랑   안 그래도 좀 전에 소방방재청에서 〈긴급 재난 문자〉가 왔네. 근데 우린 몇 시간을 걷고 있으니…. 녹아 흐를 것 같은 이 아스팔트 위를 살아서 걷고 있는 것이 기적이네, 으~훗. 이미 36도를 넘어섰으니 이글이글 타오르며 내리쬐는 태양과 우리가 딛고 있는 아스팔트의 열기를 더하면…. 후~, 정신을 차려야 하오. 동상, 힘을 냅시다.

김방랑   힘을 내야지요. 유유자적 빵긋 웃으며 걸읍시다, 형님.

문방랑   자네, 지금 웃고 있는 거 맞지? 조~금 부족하지만 표정 굿이야. 나… 지금 웃고 있니…?

🔊 **[소방방재청]**
7월22일 11시 폭염경보 발령!
야외활동 자제와 주변의 노약자를
보살핍시다. 가축, 작물,
어장관리에도 유의하시기
바랍니다.

방랑의 공식 스텝 뜨리

창

답답할 땐 날카로운 槍창 내려놓고
넓은 마음 窓창 열자구요.

방랑의 공식 스텝 뽀

휴식 = 기절

휴식?

기절~~

방랑의 공식 스텝 빠이브

비틀~ 즈려밟고

비틀비틀 비틀걸음 즈려밟고 가십시다
비틀비틀 비틀스도 숫한걸음 걸었다네

술취해서 비틀비틀 배고파서 비틀비틀
힘들어서 비틀비틀 안풀려서 비틀비틀

비틀비틀 비틀걸음 즈려밟고 가십시다
비틀비틀 비틀스도 숫한걸음 걸었다네

천군만마 필요없소 비틀걸음 좋습디다
대박행운 필요없소 비틀비틀 가십시다

비틀비틀 비가오나 비틀비틀 눈이오나
비틀비틀 비틀걸음 즈려밟고 가십시다

방랑의 공식 스텝 씩스

바다

드넓은 바다여

사람향기 품어 그리도 절색인가

황금 백사장이 춤을 추고

파도소리 풍악을 울리니

삶의 낙원 바로 여기로세

방랑의 공식

하루 한 끼를 감사히 여기고

36도의 폭염 속을 걷고, 또 걷다 보면

갈등도 생기게 마련이고

걷다 지쳐서 쓰러진다 하더라도

똑! 일어서, 위트 있는 발짓으로 비틀비틀 걷다 보면

드넓은 바다가 펼쳐집니다.

기대함과 **다름**은

어긋남이 아닌 **또 다른** 즐거움이다.

Part 4

삶, 그 여행

마음, 그 삶

삶의 길 위에

무엇을 하기 위함을 빼면
3분지 1이 가벼워지고

남의 시선을 해석하지 아니하면
3분지 1이 가벼워지고

나머지 3분의 1로 내 안을 바라보면
 그 순간 평온함이 차기 시작한다.

너무 짜여진 계획은
역으로 갑갑한 한계를 지니게 된다.

의외성이 삶의 대부분이고
의외성이 삶의 대부분의 재미이다.

방향을 툭 잡고
그 안의 절차와 계획은 무한대로 열어놓고

그것을 즐길 마음만 있다면

계획이 틀어졌다고
바로 실망하거나 낙담하지 않게 된다.

믿고 기대했던 한 가지가 틀어졌다고
360도 중 남아 있는 가능성 359도를
포기할 것인가.

한 치 앞을 모르는 것이
세상사 사람 발길이라 하지 않나.

우린 남아 있는 359가지의 가능성을
보지도 느끼지도 못하고

그저, 에이 하고 보내버릴 때가 많다.

'마' 음대로, 마음껏

'음' 미하시구려

'그' 것이

'삶' 의 맛일세!

정수리의
부탁

"형들, 내가 웬만하면 이런 말 안 하려고 했는데 부탁이 하나 있소."

정수리가 불안하면서도 간절한 눈빛으로 입을 열었다. 방랑 11일 차, 서울에서 출발해 강원도 삼척까지 잘도 왔지만 피로가 극에 달한 상황이다. 아침에 몸을 일으키는 게 버거웠다. 나 혼자만 그런 것도 아니었다. 문방랑도 그랬고, 정수리도 그랬다. 게다가 하루 종일 먹은 음식이라고는 컵라면에 계란 1개가 전부였다. 사람들을 만날 수 있을 거라는 기대로 찾아온 해수욕장이었는데, 사람도 거의 보이질 않았다. 몸도 마음도 천근만근 무거운 상황에서 터져나온 정수리의 말은 문방랑과 나를 불안으로 밀어넣고 있었다. 바다도 말이 없었다.

"부탁? 어떤…?"

문방랑이 조심스레 되물었다. 정수리는 뒷통수를 긁적이며 말을 쉽게 잇지 못했다.

"진짜 이런 말 안 하고 싶었는데…."

마음이 더 무거워진다. 말이 없던 바다가 철썩철썩 파도소리를 낸다. 지친 기색이 역력한 정수리의 눈빛이 내 안으로 밀려들어오는 그 순간.

"나 진짜 지금 콜라가 너무 먹고 싶소!"

미친방랑 11일 만에 정수리로부터 터져나온 말은 "나 너무 지치고 피곤해서 집에 그만 가고 싶소"가 아니라 겨우 콜라 하나가 마시고 싶다는 소박한 소망이었다. 간절한 정수리의 목소리에 우리는 주저 없이 소원을 들어주었다. 콜라 정도는 구매할 수 있는 노잣돈이 있다는 사실에 감사했다. 서른이 넘은 사내가 형들에게 간절한 목소리로 콜라가 먹고 싶다고 외치다니, 이 무슨 행복한 안타까움인가 싶었다.

정수리 덕에 함께 먹게 된 콜라는 톡톡 쏘는 탄산으로 우리의 몸과 마음을 잠시나마 시원하게 해주었다. 자전거로 세계여행 다니던 시절에도 더위에 지칠 때마다 콜라가 날 위로해주었다. 30도가 넘는 더운 기후에 하루에 5~6시간씩 자전거를 타다 보면 갈증은 하루에도 수차례 찾아왔다. 또 피곤해지는 몸은 당분을 필요로 했다. 그럴 때 마시는 콜라는 정말 사막의 오아시스 같은 것이었다. 여행자에게는 누구에게나 이런 힐링 음식이 있다. 트레킹 중에 고산병으로 괴로워하다가 김치찌개를 먹고 기운이 솟았다는 이야기나, 감기 몸살로 앓다가 누군가 끓여준 라면에 쌩쌩해졌다는 그런 이야기들처럼 말이다.

콜라를 한 모금 더 들이키고 벤치에 앉아서 바다를 바라보며 생각에 잠겨있던 그때, 문방랑이 소리쳤다.

"오호오호! 이것 좀 보시오!"

고개를 돌려보니 문방랑 손에는 초콜릿이 들려 있었다. 출발 전날 다니다가 당 떨어지면 먹으라고 은애가 선물로 준 것이었는데, 까맣게 잊고 있다가 문방랑이 불현듯 기억해냈던 것이다.

기쁨의 웃음이 절로 나왔다. 초콜릿 한 알이 입안에 들어와 혀에 내려앉는 순간, 행복의 맛이 있다면 이런 맛일 거라고 생각했다. 일회일비가 따로 없구나 싶던 그때, 어느새 호랑이 기운이 솟은 정수리가 카메라 가방을 짊어 메며 의욕 넘치게 물었다.

"이제 어디로 갑니까?"

문방랑과 나는 맞추기라도 한 듯 동시에 대답했다.

"발길 닿는 대로!"

갈등의 장호항

한국의 나폴리라고 불리는 삼척의 장호항.
하지만 그곳은 우리에게, 또 나에게 갈등의 장호항이었다.

삼척에서 운 좋게 직업군인분의 차를 히치하이킹 하고 경상북도 울진으로 향하고 있었다. 울진으로 이동 중이라고 페이스북 페이지에 올렸더니 이십원 페이지 팬 한 분이 장호항에 들러보라고 메시지를 보내왔다. 장호항에 대한 정보가 전무했던 우리가 그곳이 어딘지 궁금해하자 직업군인분께서 장호항은 한국의 나폴리라고 불리는 곳으로 경치가 기가 막히다고 설명해주셨다. 그러고는 친절하시게도 우리에게 구경시켜주시겠다며 핸들을 장호항 방향으로 돌렸다. 한국의 나폴리라 불린다니 얼마나 멋진 곳일지 궁금하기도 했지만, 그보다 먼저 떠오른 생각은 기왕이면 이대로 빨리 울진에 도착해서 이 피곤한 몸뚱이를 쉬게 할 수 있을 그런 장소를, 인연을 만날 수 있으면 좋겠다, 였다. 정수리 덕에 마신 콜라 효과는 잠시뿐, 미친방랑 11일간의 피로를 날려버리기에는 턱없이 부족했나 보다.

차를 달려 도착한 장호항은 작은 항구마을이었다. 경치가 기가 막히다더니, 기암괴석과 바다가 잘 어우러져 우리가 입은 도포자락을 휘날리면 풍류가 저절로 느껴질 것 같은 그런 곳이었다. 잠시 차에서 내려 몇 장의 사진을 찍고 이젠 되돌아갈까 하는데 느닷없이 문방랑이 말했다.

"김방랑, 오늘 여기서 머무는 건 어떻겠소이까?"

가드가 준비되지 않은 상태에서 카운터 펀치를 한 대 맞은 느낌이었다. 전혀 예상치 못했던 문방랑의 의견에 무척이나 당황스러웠다. 이곳 장호항의 경치가 분명 좋기는 했다. 하지만 어둑해진 이 시간, 딱히 사람들도 보이지 않는 이곳에서 하룻밤 묵을 곳을 찾기란 결코 쉬워 보이지가 않았다. 물론 지금 울진에 간다고 딱히 어떤 수가 있었던 것은 아니지만, 몸과 마음에 누적된 피로 때문인지 '뭔가 여기는 아닌데' 하는 그런 느낌이 내 마음을 붙잡고 있었다. 선뜻 그러자고 대답이 나오지 않자 문방랑도 마음이 편치 않은가 보다.

아무리 생각해도 내 마음은 분명하게 지금 저 차를 타고 울진까지 가고 싶다고 말하고 있었다. 방랑 중 최초로 의견 대립이 일어난 순간이다. 어쩐지 이번만큼은 쉽게 의견이 조율될 것 같지가 않았다. 정수리를 쳐보았다. 정수리도 선뜻 대답을 하지 못하고 어물쩍거리며 빙빙 돌리는 게 나와 같은 마음이라는 게 느껴졌다.

사실 방랑을 시작하기 전 방랑 중에 의견이 다를 땐 다수결로 정하자고 얘기했었다. 그렇지만 정수리도 나와 같은 마음이라는 확신이 들자, 다수결로 정하자고 할 수가 없었다. 이미 어떤 마음인지 뻔히 알고 있으면서 군이 그걸 다수결로 확인하는 것은 의미가 없었다.

장호항이냐 울진이냐는 더 이상 문제가 되지 않았다. 서로 다른 의견을 어떻게 조율해야 할지가 더 큰 문제였다. 그냥 문방랑이 원하는 대로 여기에 머물까 싶기도 하지만, 그러면 또 정수리가 마음에 걸리게 될 것이었다. 정수리도 아마 나와 같은 마음일지도 모른다고 생각하니 선택은 더더욱 어려워졌다.

차주인 직업군인분이 기다리고 있었다. 어떻게든 결정을 내려야 했다. 그 순간, 머릿속에 번뜩 좋은 생각이 떠올랐다.

호주머니에 차고 있던 10원짜리 동전을 꺼냈다. 동전을 던져 앞면이 나오면 문방랑 말대로 이곳에 머물고, 뒷면이 나오면 울진으로 이동하기로 한 것이다. 어차피 여행이라는 것이 모든 게 계획대로 되지 않는 것이고, 우리는 'No Plan is the Best Plan'이라는 슬로건 아래 방랑을 다니고 있지 않은가? 선택을 운에 맡기기로 했다. 문방랑과 정수리도 그게 좋겠다고 동의했다. 셋 중에 누가 동전을 던질까 잠시 고민하다가 우리를 이곳까지 데리고 와주신 군인분께 맡기기로 했다. 군인은 동전을 하늘 높이 던졌다.

그렇게 우리는 장호항에 남게 되었다.

장호항에 도착한 지 2시간 정도가 지났지만, 딱히 우리에게 관심을 가져주는 사람들이 없었다. 아니, 그보다 장호항이라는 곳에 사람이 별로 없었다. 작은 마을이라 그런 걸까? 배는 고프고 몸은 누워 쉬고 싶은데, 날은 야속하게도 점점 더 어두워지고 있었다. 아까 보낸 직업 군인의 차가 자꾸 떠올랐다. 그냥 다수결의 원칙으로 갈걸 그랬나 싶은 마음이 자꾸 고개를 치켜들었다. 그렇게 이미 어쩔 수 없는 상황이라는 것을 뻔히 알면서도 속상해하며 어두운 밤 골목길을 셋이 털레털레 걷다가 문득 이런 생각이 들었다.

'나는 지금 무슨 생각으로 이곳을 걷고 있는 거지? 오늘밤 어쩌면 길에서 잠을 자야 할지도 모른다는 사실이 대체 왜 두려운 거야? 미친방랑 시작하기 전부터 이런 날을 한 번 이상 경험하게 될 거라는 걸 몰랐던 것도 아니잖아. 이런 날이 오더라도 잘 견뎌내기로 마음먹고 출발했던 건데, 대체 왜 이렇게 불만인 거야? 몸이 피곤해서 그런 거라고? 그렇다고 뭐가 달라지나? 몸이 피곤하니깐 이런 불만을 가져도 된다고 쳐도, 그렇게 불만을 갖고 있으면 먹을 것과 잘 곳이 생기는 거야? 지금 너무 나약한 거 아냐?'

그랬다. 나는 초심을 잃고 있었다. 그동안 너무나도 운이 좋았던 것들을 당연하게 여기며 오늘도 이전의 날들처럼 그래야 한다고 정해놓고 있었던 것이다.

'그래, 오늘은 이렇게 배곯다가 그냥 길에서 잘 수도 있지. 그렇다고 이 여름에 얼어 죽을 것도 아니고, 아직 청춘인데 하룻밤 길에서 잔다고 두려울 게 무엇인가?' 하고 마음을 다잡았다. 그렇게 마음을 먹고 나니 발걸음이 조금은 가벼워진 것 같다.

골목 모퉁이를 돌아서는데 그 순간, 치맥이 한창인 호프집이 눈앞에 나타났다. 손님 중에 한 분이 한복을 입은 우리를 반가워하며 시원하게 맥주 한 잔 하고 가라며 술을 권했다. 평소대로라면 그냥 감사하다는 인사와 함께 맥주만 한 잔 받았을 텐데, 이미 허기의 노예가 돼버린 나는 '이건 마셔야 해!' 하는 마음으로 그분들의 테이블로 돌진해버렸다. 우리를 부른 분도 잠시 당황하셨지만, 기분 좋게 넘어가주셨다.

민속촌에서 근무하는 부부인 두 분은 우리가 한복 입은 모습이 너무나도 반가웠다고 한다. 우리가 왜 여행을 하고 어떻게 방랑을 하는지 이야기를 하기 시작했고, 그 사이에 우리를 위한 치킨과 맥주가 나왔다. 그렇게 우리는 두 분의 여행의 하룻밤을 작은 이벤트로 채워드렸고, 우리 셋은 치맥으로 우리의 주린 배를 채웠다.

술이 적당히 들어간 문방랑은 형님께 마음으로 보는 관상을 봐드리기로 했다. 그때까지도 어딘가 방어적인 자세로 우리의 생각에 혹시 다른 마음이 있는 건 아닌지 툭툭 건드려보는 형님이 마음에 걸렸는

지 문방랑이 관상을 봐드리겠다고 한 것이다. 문방랑의 관상 보기는 그 사람과 자신을 가깝게 만들어주는 하나의 도구였다. 그러면서 그 사람 스스로가 자기 자신에 대해 한 번 더 깊이 생각해보게 하여 그가 삶의 자세를 고쳐 앉게 도와주는 힘이 있었다. 그런 문방랑의 관상의 힘은 오늘도 제대로 작용했다. 형님이 어느새 우리에게 마음을 열어주셨다.

문득, 오늘 장호항에 머물자고 한 문방랑의 선택이 신의 한 수였구나 싶었다. 어제와 다를 것이 없는 오늘이기도 하지만 늘 새로운 게 오늘이었는데, 내가 그걸 그새 잊고 있었나 보다. 하루하루를 늘 새로운 기대와 희망으로 대하는 것이 결코 쉬운 일은 아니겠지만 그렇게 대하기 시작했을 때 우리의 삶은 좀 더 다채로워질 수 있는 게 아닐까. 울진에 갔어도 새로운 이벤트가 있었을 것이다. 하지만 오늘 이 순간에 느끼는 이 감정은 갖지 못했겠지. 무엇보다 초심을 잃은 내 모습을 직시할 수 있어서 다행이었다.

성격만 놓고 보면 참 안 어울릴 것 같은 세 남자가 만나서 조화를 이루려고 하니 불협화음도 생기겠지만, 노력을 하다 보면 또 멋진 화

이십원 쁘로찍뜨 미친방랑

음이 만들어지기도 하나 보다. 술이 그럴싸하게 취한 문방랑이 한 곡
조 뽑고 있다.

우리가~ 살면은~ 몇 만 년 사나~~
짧은 인생~ 웃으면서~ 둥글둥글 삽시다
아리아리랑 쓰리쓰리랑 아리리가 났네 에, 헤~에
아리랑 응응으~응 아리리가아~ 났~네~~

조금 전까지 배고픔과 오늘밤 노숙할지도 모른다는 두려움에 사로
잡혔던 나는 온데간데없었다. 이렇게 쉽게 바뀔 마음인 것을 그렇게
옹졸하게 굴었다니. 함께 떠나오기를 정말 잘했다. 아니, 내게 함께
미친방랑을 떠나지 않겠냐고 손을 내민 문방랑이 또 한 번 고마워지
는 순간이다. 🖼

길 위의
어두운 밤

우리가 걸어가는
인생 길과 너무도 닮아 있던
방랑의 여정

허나
우린 단돈 20원 들고
무엇이 그리도 즐거웠을까

우리가 살아가는 삶도
그러하지 않을까

길

헤매이고
헤매여도
갈 곳이 어디인지
몸 누일 곳이 어디인지
막막한 바다에 앉아
망망대해를 그저 바라만 볼 수밖에 없었다

이십원 쁘로젝뜨 미친방랑

사심

사람이 살면서 그리 심오할 필요 있을까?
사람을 만나면서 그리 복잡할 필요 있을까?

뭔가 무겁고, 뭔가 불편하고, 뭔가 하기 위해, 뭔가 보이기 위해

웃곤 있지만 내가 아닌 다른 모습으로 가짜 같은,

그 많은 이야기들, 그 많은 웃음들, 그 많은 리액션들.

이렇게 사람들을 만나고 하루를 살고 술 한 잔 걸치고 방에 들어와 가방을 툭 던져놓으면 한숨 한 번 훅~ 쉬어지며 헛헛했는데 그 이유는 사심이었다. 사심은 뭔가 무거움과 불편함을 만들어내고 그것을 감추고자 애써 밝은 척, 애써 웃는 척하며 나를 부풀은 풍선처럼 만들었다. 집에 돌아와 혼자 방에 앉으면 바람이 이내 슈욱 하고 빠져나가 공허해지는 마음.

사심,

풍선 같은 마음
모래 같은 마음

닦아내고 또 닦아내어

그 자리에,
사람이 사는 마음 心(심)이었습니다.

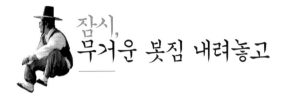

잠시,
무거운 봇짐 내려놓고

뜨거운 태양이 한복을 차려입고 유유자적 걷고 있는 우리를 비웃기라도 하듯이 쩨려보고 있다. 다행히 갓을 쓰고 있어서 그 눈빛에 압도당하지는 않았지만, 온몸으로 느껴지는 태양의 시선을 피할 수는 없었다. 아직 한낮이 되기도 전인데 등골을 따라 땀이 흐른다. 2~3시가 되면 어쩌려고 이리도 더운 건가. 이따금씩 부는 바람이 괜찮다고 위로해주었지만, 허기진 상태의 우리를 위로하기엔 역부족이다. 눈을 뜨고 정오가 다 되도록 아직 먹은 게 없다.

아무렇지도 않은 척 길을 걷는다. 이 정도 허기에 유유자적함을 포기할 우리가 아니지 않은가. 걷다 보면 누군가를 만나게 되어 있다. 그게 여행이다.

"오늘 여기 무슨 촬영 있나요?"

포장마차에 앉아 식사를 하던 그룹의 한 남자가 물어왔다.

"촬영이 아니라 그냥 방랑 중입니다."

"저기 뒤에 카메라 메고 계시는 분이 촬영해주시는 분 아니에요? 그러지 말고 좀 알려줘요?"

그렇게 해서 또 우리의 이십원 쁘로젝뜨에 대한 이야기를 전해드렸더니, "아, 제가 선비님들을 잘 몰라봤네요. 괜찮으시면 여기 술 한 잔

받으시지요" 하신다.

오늘도 공복에 술부터 들이붓게 생겼다. 길 위에서 대접받는 식사의 대부분은 술로 시작하기 일쑤였다. 거절하기가 쉽지 않다. 술을 한 잔 마셔야 안주도 하나 집어 먹을 수 있다. 알코올이 식도를 넘어 빈 속 곳곳에 퍼져나가는 느낌이 알싸하다. 술을 한 잔 받고 나니, 식사는 했냐고 물어오신다. 아직 공복이라는 말에 우리를 위한 밥상이 차려진다. 배고프니 밥 좀 달라고 구걸할 필요가 없었다. 출발 전에 가장 걱정했던 부분이었는데, 걱정할 필요가 이렇게도 없을 줄은 상상도 못했다. 그저 감사할 수밖에 없다.

낮에 바라보는 장호항의 풍경은 또 새로웠다. 어제 저녁에 본 장호항과는 대조적이었다. 장호항 해변은 물론이고, 바닷속 그리고 장호항을 둘러볼 수 있는 암석 위의 정자까지 더위를 피해 휴가 온 피서객들로 가득했다. 스노클링을 하는 사람들, 투명카약을 타는 사람들, 그냥 물놀이를 하는 사람들, 그리고 파라솔 아래 누워서 노닥거리는 사람들을 보고 있노라니, 한복을 벗어 제치고 나도 당장 저 시원해 보이는 바닷속에 풍덩 뛰어들고 싶다. 하지만 수영복이 없다. 옛날통닭에 머물 때는 한밤중이라 과감하게 팬티차림으로 바다에 들어갔지만, 지금은 상황이 다르다. 자유로운 김방랑이지만 동시에 선비가 아닌가.

해변 산책로 한쪽에 인적이 드문 장소에 지금은 사용하지 않는 인공암벽이 자리 잡고 있었다. 높다란 인공암벽이 커다란 그림자를 만들어주고 있었다. 우리는 그곳에 자리를 깔고 휴식을 취하기로 했다. 몸과 마음이 극도로 피곤했던 어제가 떠올랐다. 젊은 청춘들에게 자본주의의 노예가 되어 정신없이 내달리지만 말고, 때론 유유자적하게 지내보라고 말해주겠다는 놈들이 시간에 쫓겨 내달리고만 있었던 것이다.

신발도 벗고 쾌자도 잘 개어 한쪽에 두고는 돗자리 위에 누웠다. 파란 하늘이 시야를 가득 채운다. 조금 전에 봤던 파란 바다만큼이나 맑고 깨끗한 하늘이 거기 있었다. 문득 강릉의 하늘이 떠올랐다. 해가 산 넘어로 뉘엿뉘엿 지고 있던 그 하늘은 세상의 모든 아티스트들을 보기 좋게 비웃듯이 말로 형용하기 어려울 만큼 아름다운 색채로 온 하늘을 물들이고 있었다. 그때, 방랑을 응원 와준 리치형이 말없이 하늘을 바라보다가 말했다.

"너희들 덕분에 오늘 이런 하늘도 다 보는구나…. 고맙다."

우리가 준비한 하늘이 아니었다. 모두가 알고 있었다. 어쩌면 우리는 이런 기회를 갖게 되는 것만으로도 감사함을 느낄 정도로 빡빡하게 살고 있는 게 아닐까. 이렇게 자연은 우리 가까이에서 수시로 세상의 아름다움을 보여주고 있는데, 우린 무엇을 바라보며 살고 있나. 그때의 마음이 떠오르자 어제의 조급했던 내 모습이 또 부끄러움으로 다가온다. 살랑살랑 불어오는 바람이 괜찮다며 온몸을 쓰담쓰담해준다. 그냥 좀 쉬어가야지 하고 마음먹었을 뿐인데, 이렇게도 마음이 여유로워지다니, 마법이 따로 없다.

쉬어가자.

그래, 그래. 쉬어가자.

"땡볕 아래서도 쉬는 법을 터득해야 하오.
햇볕이 내리쬐도 마음엔 땀이 나지 않고,
찬 서리가 내려도 마음은 얼지 않으니,
육체가 아닌 마음으로 사십시다."

"참으로 멋진 말씀이오.
형님…. 근데 이건 아니지 않소?"

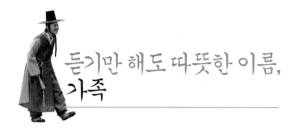

들기만 해도 따뜻한 이름,
가족

늦은 시간에 어렵사리 앙증맞은 마티즈를 얻어 타고 임원항이라는 곳에 도착했다. 처음 들어보는 곳이었다. 마티즈에 우리를 태워주신 아저씨가 이곳에 오시는 길이기도 하고 늦은 시간에 다시 어디를 이동할 수도 없기에 연이 닿아 내린 이곳이 오늘의 종착지가 되었다.

길거리는 어둑어둑하고 한적했다. 터프한(?) 마티즈 아저씨께서 고속으로 달리던 그 속도로 과속방지턱을 슈~웅 날으신 덕분에 차가 지면에 착지할 때 비교적 앉은 키가 큰 정수리 목이 차 천장과 충돌하며 목을 삐끗했다. 다행히 마을 입구에 조그만 약국이 영업 중이어서 파스를 구할 수가 있었다.

정수리의 목에 파스를 붙여주고 마을을 둘러보러 걸음을 옮겼다. 마을입구 첫 번째 골목에는 임원항 어시장이 있었다. 재미있는 광경에 끌려 그쪽으로 들어가는데 골목 입구에 한 가족이 바닥에 돗자리를 펴고 옹기종기 모여 앉아 함께 저녁을 먹는 진풍경이 펼쳐지고 있었다. 아들, 딸, 손자, 손녀, 사위, 게다가 아직 엄마 뱃속에 있는 며느리의 아기까지 15명 정도가 되는 대가족이었다.

그 모습을 보고 지나가는데 아주머니가 말씀하셨다.

"선비님들이 어디서 오셨나, 식사 안 하셨으면 식사하고 가요."

방랑을 왜 다니며, 한복을 왜 입었으며 여타 등등 어떠한 물음도 없으시고 밥을 안 먹었으면 밥 먹고 가라 하신다. 나는 그 순간 뒤통수를 땡하고 맞은 느낌이었다.

가족들이 너무 행복하게 도란도란 식사 중이기도 했고, 어떤 궁금증 때문이 아니라 낯선 선비들을 익숙한 동네분들 대하듯 너무 편하고 정감 있게 자리에 앉혀주시는 그 모습에 난 순간 아주머니의 표정과 눈빛을 보며 세상 모든 '벽'들이 낙엽 떨어지듯 우수수 무너져 내리는 듯했다.

예전 시골마을에서 지나가는 객을 보고 "어디 가시는 길이요? 식사 안 하셨으면 식사하시고 가시는 길 가시지요" 하며 그저 사람의 정을 나누던 그 마음이 고스란히 전해졌다.

그
여타의 것이 우선이 아닌
사람이기에
사람 그 자체로 우선인
마음 나눔.

스마트하고도 빠른 요즘 세상에서는
너무도 쉽게 잊고 살아가게 되는 그 마음.

어떠한 일을 하는 사람이기에, 어떠한 명함과 직책을 가진 사람이기에, 어떠한 옷을 입었기에 소중하고 중요한 사람이 되는 것이 아니라, 어떠한 자리에서든 누구이든 사람이기에 충분히 소중하고 충분히 중요한 사람이 되는 그 아름다운 우선의 마음을 너무도 쉽게 잊고 살지 않았나.

다시, 가족분들의 모습을 바라보았다.

난닝구에 반바지를 입든
무엇을 입든
그것이 중요한 것이 아닐 테요.

나이가 어리든 많든
그것도 중요한 것이 아닐 테요.

누가 잘났고 못났고가 아니라

각각의 역할이 모두 소중하고
그 소중함들이 함께 있기에

가족이 되고 도시가 되고
국가가 되고 세상이 되어

비로소 우린,
함께 속에 존재하는
내가 되지 않는가.

우리 한 명 한 명이
서로서로 진솔하고 따스한 마음을
조금씩 나누고 간직하다 보면
누구든지 함께 철푸덕 모여 앉아
도란도란 웃으며 살아가는 세상

그 아름다운 세상이
우리 곁으로
성큼성큼 다가오지 않을까.

저, 이름만으로도
저, 모습만으로도

아름다운
'가족'의 모습처럼.

아름다운 가족이 한 팀 더 있었다.

그 정겨움을 함께하듯 우리의 머리맡에 옹기종기 모여 있는 제비 가족이다.

제비 가족이 노래를 한다

화양연화가 피었네.
재잘재잘 들려오는 목소리에 이끌려 도착한 곳에
사랑이라는 이름의 한 장면
세상에서 가장 아름다운
가족이라는 이름으로 화양연화가 피었네.

오래전 인심 좋고 따스한 마음을 지닌
임원항 흥부 가족을 찾아왔던 제비가
그 따스함을 잊지 않고
온가족을 이끌고
다시 이곳을 찾아온 듯했다.

이십원 쁘로젝뜨 미친방랑

히치하이킹의 미학

숨이 턱턱 막히고
온몸이 타들어가는 듯하다.
온몸이 땀으로 범벅이 되어 젖어 흐르고
현기증에 어지러움이 찾아온다.

행여나 지나가는 차 안 사람들이
나도 모르게 찡그려지는 내 표정을 볼까 하여
부채로 살며시 얼굴을 가려본다.

이런….
얼굴을 가리니 정체를 알 수 없는
이 요상한 선비를 태워줄 리 만무하구나!

진퇴양난!!

허탈한 시선은 넋을 잃고
수없이 많은 차량 행렬에도
내 지친 몸을 기댈 수는 없었다.

나는
세상 속에 서 있는 마네킹일까.
세상 속에 버려진 투명인간일까.

끝없는 기다림.

기　다　림.

그 긴 기다림은…

날
절망에
무릎 꿇게
하였다!

길가에 핀 아주 작은 꽃잎이
나에게 말을 걸어왔다.

여기 길가 구석에 작게 피어 있는 나는
날이 무덥다고 해서
매연과 먼지가 많다고 해서
사람들이 우리에게 관심을 갖지 않는다고 해서
꽃 피우기를 게을리하지 않았다고.

세상이 나를 꽃이라 부르지 않았어도
난, 나의 꽃을 피웠다고.

환경과 상황은 나를 꽃밭이 아닌
길가에 있게 할 수는 있었지만
꽃을 피우지 못하게는 할 수 없었다고.

꽃이 마지막으로 나에게 이런 말을 남겼다.

내 꽃을 피우고, 내 꽃을 못 피우고는
환경이나 상황과는 별개의 문제라고.

춤을 추자.
다시, 춤을 추자.

뙤약볕이 내 옷을 벗길 수는 있겠으나
내 춤을 막을 수는 없지 않겠는가.

춤을 추자.

거대한 트럭이 내뿜는 먼지는
나의 코털을 간질이여 흥을 돋우고
거대한 트럭이 울려대는 클랙슨 소리는
내 춤사위의 장단이 되니

춤을 추자.

부채는 꽃술이 되고
몸뚱이는 꽃잎이 되어

그렇게
길가에 피어난
한 송이 꽃이 되어

꽃춤을 추자.

히치하이킹의 매력은 오랜 기다림이다.

히치하이킹의 매력은 실패의 연속이다.

허나

히치하이킹의 매력은 포기하지 않는다면

100퍼센트 성공한다는 것이다.

히치하이킹의 매력은 만남이다.

히치하이킹의 매력은 쿨한 이별이다.

그 속

히치하이킹의 매력은 처음 만나는 사람과의 따스한 대화이다.

히치하이킹의 매력은 돈 없이도 어느 곳이든 갈 수 있다는 것이다.

히치하이킹의 매력은 돈 없이도 떳떳하다는 것이다.

그렇게

히치하이킹의 매력은 사람의 마음이 만들어내는 기적이다.

히치하이킹의 매력은 배짱이 두둑해진다는 것이다.

히치하이킹의 매력은 실패를 두려워하지 않게 된다는 것이다.

이렇게
히치하이킹의 매력은 길 위에서 단순한 행동을 통하여
삶을 배울 수 있다는 것이다.
불안한 듯 예측 불가능한 상황은
상상 그 이상의 재미와 가치를 품고 있다는 것이다.

히치하이킹은 인생이다.

風 流 道

바람이 분다 하여 흩날리지 않고
물살이 거세다 하여 휩쓸리지 않을 걸세

내 몸이 바람 되어
내 영혼의 물결을 타고 노니는 길

風 流 道
그 길을 걷자 하네

울진 장터

왁자지껄 사람 냄새가 난다
북적북적 삶의 향기가 난다

고등어도 신이 나고
몸빼 바지도 춤을 춘다

왁자지껄 사람 냄새가 난다
북적북적 삶의 향기가 난다

여기도 흥정이요
저기도 흥정이네

콩나물 500원어치 사며
더 달라던 아즈매 여 오셨나

국밥 한 그릇 막걸리 한 잔에
세상을 호령하던 김영감님 여 오셨나

이십원 쁘로젝뜨 미친방랑

왁자지껄 사람 냄새가 난다
북적북적 삶의 향기가 난다

세월이 지나도 웃음소리 변치 않고
강산이 변해도 사람인심 변치 않는

왁자지껄 사람 냄새가 좋다
북적북적 삶의 향기가 좋다

장터 구석구석을 누비며 걷고 있었다.

"선비님들, 맛 좀 보고 가이소~."

고개를 살짝 돌려 옆을 보니 '욱이네 닭강정'이라고 크게 현수막이
걸려 있었다. 장터에서 직접 닭을 튀겨서 다시 양념에 볶아 닭강정을
만들어 파는 곳이었다.

"어허, 맛을 보고 가라 허는데 그냥 지나칠 수 없거늘. 어디 보
자."

나는 판매대 가까이 붙어 입을 쫙 벌리었다.

순식간에 입으로 쏘~옥 들어오는 그 달콤매
콤한 풍미와 갓 튀겨낸 바삭함이란 말로 형용할
수 없는 참맛이었다. 사실 연이은 연속 3차례의
히치하이킹을 거쳐 어렵게 도착한 울진이었다.

장시간 동안의 땡볕 히치하이킹과 이동, 게다가 눈을 뜨고 지금껏 물 한 모금도 마시지 못했기에 많이 지쳐 있고 배도 무척 고픈 상태였다. 그래서 더욱 그 맛이 황홀경이었나 보다. 한 입 깨무는 순간 툭 배어 나오는 그 육즙 속 쫀득한 닭 속살의 식감은 그 순간만큼은 정말 조선 팔도 최고의 맛이었다.

"아~니! 조선팔도에 이~~런 맛이 있을 수가! 과히 세계 최고의 맛이로다. 어디 보자. 이름하여 욱이네 닭강정!"

너무 맛있고 행복해서 일부러 좀 더 과장되고 재미지게 큰소리로 말했다. 가게 이모님들이 박장대소를 한다.

"조선 선비님들이 조선 최고의 맛이라 칭찬하니 기분이 째지네~. 기왕 오신 김에 여기 천막 안으로 들어와서 사진이나 찍고 가이소마."

김방랑이 공손히 답한다.

"사진이 문제겠습니까."

우리는 닭강정이 만들어지는 천막 안으로 들어갔다.

"어허~, 그렇다면 사진을 찍고 이렇게 맛있는 닭강정을 우리가 홍보도 해드리고 가겠소. 쉽게 말해 알바지요. 어허허허."

"아이고, 황공하옵니다. 호호호."

"(작은 소리로) 사실 우리가 방랑을 다니며 옛날통닭을 튀기고 판매를 한 경력도 있소이다. 음히히."

봇짐을 내려놓고 우리는 다짜고짜 욱이네 닭강정을 큰소리로 홍보하기 시작했다.

갑자기 시장통에서 요상한 선비들이 큰소리로 '욱이네 닭강정'을 외치고 풍미작살을 노래하니 지나가는 사람이 웃으며 바라보고 실제로 발길을 멈춰 맛을 보고 사가는 사람도 제법 있었다. 한 15분 남짓 흘렀을까, 선비들의 설레발 효과인지 아니면 원래 유명한 집이어서 그런지는 몰라도 신기하게 사람들이 양쪽으로 5~6분 정도 줄을 서서 닭강정을 사가는 것이 아닌가. 이렇든 저렇든 아무튼 우리에게도 사장님에게도 기분 좋은 풍경이었고 우리 모두의 얼굴엔 웃음꽃이 피었다.

"우리 선비님들, 이제 그만하셔도 됩니다. 이제 편히 앉으셔서 닭강정이나 자시고 가시지요."

"그렇다면 여기에 좀 앉겠습니다."

제법 장사가 잘되는 풍경을 목격해서인지 앉아서 닭강정을 기다리는 마음이 평온했다. 그 사이 우리의 김방랑은 막걸리를 구하러 고고성!

입이…입이…(참으로 내가 봐도 저게 무슨 표정인지 설명할 방법이 없구나) 한동안 박제된 듯 저런 표정과 포즈로 버퍼링 걸려 있었으니, 그런 나를 바라보시는 우리의 닭강정 이모님 표정이야말로 예술이로다.

이십원 쁘로젝뜨 미친방랑

김방랑이 구해올 막걸리에 기막힌 닭강정의 궁합이 입안에서 춤출 생각을 하니 나도 모르게 동공은 환영을 보고, 침샘은 폭포가 되어 흐르는구나.

그런데!!!
이 순간!!!

나를 박제 상태에서 다시 살아 움직이는 생명체로 되살리는 기적의 구세주가 나타났으니, 닭강정 아즈매(사장님)의 기습 액션! 〈닭강정의 역습〉.

환상 속에 있다가 갑자기 입으로 쏘~옥 들어온 닭강정.
그 순간, 심봉사 눈 뜨듯 정신이 번쩍!
고개를 돌려 시장의 끝을 바라보니
때마침 한 손에 막걸리를 들고 김방랑이 번쩍!
그 모습은 마치 전장에서 승리하고 돌아오는 개선장군처럼 늠름하고도 당당했다.

한편, 저~멀리 사람들 틈으로 한복을 입고 걸어오는 김방랑을 보니 조선시대에서 울진 장날로 타임머신을 타고 뚝 떨어져 걷고 있는 듯했고 또 귀신 같기도 했다.
'아, 사람들이 여기저기서 우리를 볼 때 이런 기분일 수 있겠

구나.'

손님이 잠시 주춤한 사이 닭강정 아즈매와 이모님과 함께 대낮 막걸리에 닭강정 파티를 열었다. 주거니 받거니 하며 정을 나눈 그 맛과 장터에서의 파티는 산해진미 어떠한 음식도 견줄 수 없는 특별한 맛이었고 행복이었다.

만남이 있으면 헤어짐 또한 있지 않겠는가.

짧지만 길었던 욱이네 닭강정 천막 안의 여행을 마치고 우리는 또다시 방랑길에 오른다.

사람향기 그리울 땐

장터를 나가볼까나

사람웃음 그리울 땐

장터를 나가볼까나

각박하고 힘들어도

삶의 냄새 진동하고

소박하고 거칠어도

온정 가득 샘이 솟는

장터에 나가 사람 길을 걸어볼까나

내 마음이 각박하여
사람 속 각박하다 여겼는가

내 마음이 얼어붙어
세상 속 차가웁다 여겼는가

내 마음이 장터 되고
내 마음이 장날 되어
가는 곳이 장터 되고
그 순간이 장날 되면

내 마음에도 사람향기
꽃 피우지 않겠는가

소년과 소녀,
꿈을 던지다

그래, 그렇게 주거니 받거니
힘들 때 서로 토닥이며 도와주며 던져주고 받아주고
함께 걸어가는 발걸음,
꿈을 이루어가는 몸짓이 별거겠는가.

자그마한 공처럼
순수하고 솔직한 마음 공 하나 가지고
마음껏 던지는 거지.
자그마한 진실한 심장 공 하나 가지고
배포 있게 던지는 거지.

아름다운 빛깔 위에 수를 놓은 듯 밝은 소년과 소녀는 해변에서 자그마한 공 하나를 주거니 받거니 한다. 그 둘은 어떤 말을, 또 어떤 마음을 주고받고 있을까. 서로 공을 주고받는 모습이 내 눈엔 진지한 소통과도 같았고 서로 간직한 꿈을 주고받으며 함께 키워가는 것도 같았다.

　소년에게 물었다.
　"꿈이 뭐야?"
　"화학자요."
　소녀에게 물었다.
　"꿈이 뭐야?"
　"만화가요."
　"멋지다. 응원할게."
　"그런데 엄마는 반대해요, 힘들다고."
　옆에서 듣고 계시던 소년과 소녀의 엄마가 말씀하셨다.

"하고 싶어는 하는데…. 만화 그려서 어떻게 살까 싶고 걱정이에요."

"어머님, 이 친구를 충분히 믿어주시면 어떨까요? 혹여 지금 친구가 원하는 꿈이 어려운 길이고 돈도 벌기 힘든 직업이고 그것이 지금의 현실이라 해도 그것은 지금의 시각이 아닐까요? '만화'라는 단어가 지금 어머님께서 걱정하시는 만화가 아니라 앞으로 20~30년 뒤 세상이 어떻게 변할지 또 이 친구가 창조해낸 그림과 이야기가 앞으로 더 많은 분야로 나아가 우리가 지금은 상상할 수 없는 방식으로, 상상할 수 없는 형태로 사람들에게 감동을 주게 되고 다양한 분야에 쓰이게 될지 정말 아무도 알 수 없는 일이잖아요. 전 꼭! 그렇게 될 수 있다고 믿어요. 그리고 예전에는 만화책만 생각하셨다면 요즘에는 그 이야기와 그림들이 영화, 드라마, 광고 다양한 분야로 나아가고 스토리텔링을 통해 정말 여러 가지 분야에 쓰이고 있어요. 앞으로는 더 많은 재미있는 가능성들이 열릴 수도 있잖아요. 이야기를 창조하고 그것을 그릴 수 있다는 게 얼마나 멋지고 대단한 일이에요. 감히 주제넘은 저의 작은 생각이지만 조금은 여유 있게 이 친구를 믿고 응원해주시며 바라봐주시면 어떨까 해요."

엄마가 웃으셨다.
"글쎄 그렇게만 되면 하고 싶은 일을 하면서 얼마나 좋겠어요."
다시 소녀에게 물었다.

"아저씨들한테 그림 하나 그려주면 안 될까?"

소녀가 자신있게 말한다.

"종이랑 펜만 있으면 문제없어요."

나는 봇짐 속에서 종이와 펜을 꺼내 건넸다. 소녀는 자신감 있는 손
짓으로 금세 김방랑과 나를 멋지게 그려주었다.

"우와! 정말 멋지다. 고마워! 잘 간직할게."

수줍은 듯 씨익 웃는 소녀의 모습에 덩달아 가족들도 함께 웃음을
지으며 소녀가 그린 그림을 흐뭇하게 바라보았다.

공이 몸에 맞아
악! 하고 아프면 어때.
까짓것, 툭툭 털고 씨~익 한 번 웃고
다시 날아오는 공 쳐내면 되지.

과감하게 헛스윙도 하고,
힘차게 휘둘렀다가 빗맞기도 하고,
요거다 하고 시원하게 땅!! 안타도 쳐내고

까짓것, 삼진 아웃이면 어때.
9회 말 투아웃까지 우린 아직 기회가 많아.
이제 기껏해야 1회 말 투아웃이다.

어~이
멋쟁이 소년, 소녀! 알겠지?
눈빛교환 싸인 주고받고~
으랏차차 좋았어.

올 테면 와봐라!

악=(樂) 락!

그 바다에 살고 싶다

뜨거우면 뜨거운 대로
차면 찬 대로

그 바다에 살고 싶다.

벗고 싶으면 벗고
뛰어들고 싶으면 뛰어들고

비를 흠뻑 맞고
그저 알몸으로 백사장에 뒹굴고

타다 뜨거우면
바다에 적시어 쉴 수 있는

그 바다에 살고 싶다.

젖어도 젖은 것이 아니고
벗어도 벗은 것이 아닌

하늘과 땅과 바다가
하나로 맞닿아 있는

그곳에

그저 알몸 사람으로
그 바다에 살고 싶다.

순간순간 다가오는 **우연**과 **운명**이,

그 **인연**의 향연이,

우리 인생을 축제로 만든다.

Part 5

각본 없는 청춘극장

청춘,
지금 이 순간

青春, 지금 이 순간.

꼭 가지고 있어야 하는 것이 있다면 무엇일까?
돈, 좋은 차와 성공을 위한 스펙, 그것이 뿌리가 되어
열심히 사는 게 인생일까?
더 중요한 건 무엇을 끝없이 좇는 삶이 아닌,
매력적인 '나'를 찾고, '함께'라는 마음을 알아가며,
'지금' 내 현재 상태에서의 '즐거움과 위트',
그 촉촉함이 뿌리가 되어 '청춘'이라는 텃밭을
따스하게 만드는 게 우선이 아닐까?

지금 이 순간,
우린 너무 많은 것을 갖길 원하고
너무 빨리 만개하길 바라고 있지 않나.

밤바다

몇천 년
울음 삼켰길래
。
그리,
파도소리 애달픈가

애달픈 파도가
들려주는 거문고 노래

그 노랫소리에
울음이 웃네

여보게
술 한 잔 하게나

그 파도소리에
잠 못 이루는 밤일세 그려

길을 가던 어떤 아저씨의
"같이 사진 한 장 찍어도 돼요?"
라는 말에서 모든 것이 시작되었다.

이십원 운명극장
'아제'

드디어 개봉 박두!

하룻밤 사이에 일어난
운명의 대서사시.
도대체 그들에게 무슨 일이 일어났던 것일까.

감독 우연 같은 운명
극본 운명 같은 우연
주연 '아제 아제 바보 아제'

장소 대한민국 경상북도 울진군
시간 오후 5시 30분경

솔밭에 누워 잠시 신선놀음을 하다 보니 어느덧 해가 뉘엿이 기우는 시간이 되었다. 다른 지역으로 옮기기로 결정하고 서둘러 자리를 털고 일어났다.

연꽃이 펼쳐진 어느 공원을 걷고 있는데 지나가던 어떤 아저씨가 우리를 힐끗 보더니, 약간 퉁명스러운 말투로 "거 사진 하나 찍어도 돼요?" 하며 말을 걸어왔다. 방랑 중에 많은 분들이 걸어오던 말이었기에 여느 때처럼 반갑게 아저씨와 사진을 찍었다.

목적지도 없고 시간도 늦어지는 시점이라 마음 한 켠이 좀 불안한 상태였지만, 연꽃이 펼쳐진 연못에서 사진도 서너 장 찍으며 애써 마음을 달래고 비우며 콧노래를 불렀다.

이제 어디로 가야 하나…. 고속국도로 연결되는 지점에 자리를 잡고 지나가는 차들을 잡기 시작했다.

김방랑   여기서 이 시간에 외각으로 빠지는 차가 많지는 않을 듯합니다.

문방랑   그러게 말이오. 뭐 어찌 되겠지요, 허허.

그렇게 20분 정도가 흘렀을까, 갑자기 차 한 대가 천천히 다가오더니 우리 앞에서 멈췄다.

정체 모를 차량 선비님들, 어디를 가시는데요?

차 안을 들여다보니 엇, 이럴 수가! 연꽃연못 앞에서 사진을 찍자고 했던 그 아저씨가 아닌가! 운동 나오신 동네 주민분인 줄 알았는데 그 시간에 외각으로 빠지는 차주분이었다니, 반가움에 웃음이 절로 났다.

문방랑 가시는 곳 아무 곳이나 세워주셔도 됩니다.
정체가 밝혀진 차량 그럼 타요. 아무데나 가도 되면 내 가는 곳에 내려주지 뭐.
문방랑 어디에 사세요?
아저씨 나는 평~해.
김방랑 감사합니다, 선생님.
아저씨 그렇게 섣부르게 감사하다고 하는 거 아니야, 허허.

평해? 처음 들어보는 지명이었다. 낯설기도 하고 기대가 되기도 하는 그곳에서는 또 어떤 일이 우리를 기다리고 있을까?

40분 정도 달려 평해라는 곳에 도착했다. 우리는 월송정에 올라 잠시 바람을 쐬기로 했다. 주차장에 주차를 해놓고 솔바람 향기를 맡으며 월송정으로 올라갔다.

아저씨 거기 올라가면 막걸리 한 잔 해야지. 그게 죽이거든. 막걸리
　　　　마시면서 서로 시나 한 수씩 읊읍시다.
김방랑 좋지요, 하하.
문방랑 그런데 근처에 지금 막걸리 살 곳이 있어요?
아저씨 있어, 있어. 올라가고 있으면 내가 사서 금방 올라갈게.

　　우리는 먼저 월송정에 올라 멋들어진 경치를 만끽하고 있었다. 눈
앞에 펼쳐진 절경이 그동안의 피로를 싹 씻겨주는 듯했다. 잠시 동안
눈을 감고 온몸을 바람결에 맡겼다.
　　월송정에 올라온 다른 관광객분들과 이런저런 대화를 나누며 막걸
리를 사러 가신 아저씨를 기다리고 있었다. 먼저 올라가 있으면 바로
막걸리를 사가지고 뒤따라 오신다던 아저씨는 15분, 20분이 지나도
록 올라올 기미가 보이지 않았다. 문득, 마음이 초조해지기 시작했다.
우리의 모든 짐이 그 차에 실려 있었다. 김방랑과 내 봇짐은 그렇다
쳐도, 정수리의 가방에는 카메라 장비와 우리 여정의 모든 자료가 들
어 있었기에 잃어버린다는 것은 상상도 할 수 없는 일이었다.
　　그 순간, 아까 "섣부르게 감사하다고 하는 거 아니야"라고 우리에게
무심코 던진 아저씨의 한마디가 훅 떠올랐다. 등골이 오싹해졌다.

정수리 형님들!! 아무래도 이건 아닌 거 같습니다. 내려가 보시지요!

정수리의 말이 떨어지기 무섭게 우리는 도포자락을 휘날리며 주차장을 향해 황급히 뛰어내려갔다.

아, 방랑의 최대 위기를 맞는 것인가!
아무 일 없겠지, 아무 일 없을 거야.
누군지도 모르는데 너무 마음 편하게 짐을 모조리 맡기고 올라왔나?
잘못된 만남이었을까….

주차장까지 내려가는 그 짧은 시간 동안 별의별 생각들이 스쳐 지나갔다.
드디어 주차장에 내려왔다. 그런데 이게 무슨 일인가!
막걸리를 사오신다 하셨던 아저씨는 주차장 옆 식당에서 친구분들과 커다란 파전까지 북북 찢으며 막걸리를 거나하게 드시고 계신 것이 아닌가!
안도감과 허탈함에 우리 셋은 웃음이 터져버렸다. 잠시 잠깐 스릴러의 한 장면을 상상했던 우리가 참 어이없기도 했고, 그 엉뚱한 아저씨의 모습에 웃음이 멈추지를 않았다.

아저씨   어이~, 이리와 앉아. 왜 이제 내려왔어?
문방랑   네?? 하하하. 네…, 풍…경이 좋더라구요.
김방랑   네~, 너무 멋진 곳이에요.

아저씨 아, 그럼~ 당연하지. 내가 기가 막히다고 했잖아. 자, 한 잔씩
         들 쭉 들이켜.

  잠시나마 의심을 한 내 자신이 부끄러워졌다. 이 마음 또한 섣불렀
구나 싶었다.
  자리에 합석해서 이유도 물을 것 없이 자연스레 막걸리를 벌컥벌컥
들이켰고, 웃고 떠들며 아저씨들과 이런저런 이야기를 나누었다. 어
느새 날이 어둑어둑해졌다.

아저씨 오늘은 어디서 잠을 주무시나?
문방랑 뭐, 여기 처마 밑에서 잠을 자든지, 밤새 길을 걷든지 어찌 되
         겠지요.
김방랑 그때그때 발길 따라 마음에 맡기고 있습니다.
아저씨 그래~ 젊은 사람들이니까~! 이따 정 안 되면 저기 월송정에
         올라가서 자. 그럼 되지. 막걸리 한 잔 했으니까 밥이라도 먹
         고 헤어집시다.

  우린 모두 자리를 털고 일어섰다.
  조그만 시골마을이어서, 해가 진 동네는 어둡고 조용했다.
  식사보다는 잠자리를 정해야 할 텐데, 라는 생각이 스쳤지만 감사
한 마음에 식당으로 향했다. 어두워진 골목 한 켠에 조그만 식당 하나
가 작은 불빛을 내고 있었다.

식당 안에는 50대 중반으로 보이는 시골아저씨 두 분이 얼큰히 소주 한 잔과 탕을 드시고 계셨고, 우리는 대각선 앞쪽 테이블에 자리를 잡았다. 좀 늦은 시간이었기에 우리와 건너 테이블 이렇게 두 테이블만 식사를 마치면 영업을 마칠 모양이었다.

앉아서 식사를 기다리고 있는데 한 아제(아저씨의 경상도 사투리)가 대뜸 "어이~ 여기 왜 온 거야? 뭐 식당 홍보하러 왔어?"라며 시비조로 우리를 가리켰다. 그 시간 시골마을에 난데없이 한복을 입고 들어온 우리의 모양새가 조금 생뚱맞고 우스웠나 보다.

문방랑　네?
아제　어디서 온 거야? 무슨 방송이야? 방송!?
문방랑　아닙니다…. 여행 온 거예요.
아제　홍보를 하려면 제대로 하던가 해야지. 뭐야 그게?
문방랑　네?
아제 친구　(아제를 말리며) 어허, 와 이라노. 하지 말고 밥 묵어라.
아제　뭐! 내가 뭐 물어보는데 니는 껴들지 말그라!

순간 당황스러운 분위기에 잠시 어색했지만 이방인들에 대한 지역 아저씨들의 농이라 생각하고 웃으며 분위기를 넘겼다. 그런데 잠시 후….

아제　어이, 거기 파란 선비 이리 와봐!

문방랑 네?

　파란색 쾌자라니 나를 부른 것이 분명했다. 나를 콕 찝은 취기 오른 아저씨의 눈빛이 순간 공포스러웠다. 우리에게 저녁식사를 대접해주시는 분과 함께 있는 상황에서, 난감하지 않을 수 없었다. 일단 취객의 마음을 달래드리기 위해 그쪽에 합석했다.

아제　선비! 나는 이 시점에서 궁금한 게 있어. 여기를 왜 왔는가. 그대들이 왜 여기를 이렇게 돌아댕기는가 진짜로 궁금해. 게다가 이 시골마을에 응? 무슨 목적이 있을 거 아니야~.

문방랑　아… 저희가 20원을 가지고… 발길 닿는 대로 방랑을 다니고 있어요.

아제　20원?? 2만 원도 아니고 20만 원도 아니고 20원? 정말 20원을 가지고 이렇게 다닌단 말이야? 뭐 사기꾼 이런 건 아니잖아?

문방랑　네, 그런 건 아니구요.

아제　그럼, 내가 납득이 가게 설명을 함 해봐.

문방랑　네…, 요즘 저희 같은 많은 청춘들이 어느새 성공이나 돈의 노예가 되어버리고, 또 그것을 획득하지 못하면 절망하고, 쓸모없는 인생이 되는 것 같은 자책을 계속하게 되면서, 청춘의 진정한 가능성과 가치는 점차 삶의 무게 속으로 가라앉아 보이지 않는 것 같아요. 그래도 힘을 내서 뭔가 열심히 해보려고 노력해도, 세상이 정해놓은 기준과 잣대, 그런 삶의 무게 속에서 좀처럼 헤어 나오기 힘든 것도 사실이고요. 그렇게 또다시 작아지고 이런 악순환이 계속되는 것 같아요. 세상의 기준이나 잣대보다 우리 청춘의 가치가 더욱 소중하고 그것은 돈으로 값어치를 감히 매길 수 없는 무한대의 가능성과 무엇이든 할 수 있는 힘을 지녔다고 생각해요. 아무리 돈이 없어도 환경이 안 좋아도 우린 즐거운 발걸음으로 무엇이든 할 수 있고 삶의 걸음을 유유자적 걸어갈 수 있다, 그것이 청춘이다, 그런 생각에 우리 한번 달랑 20원 들고 온몸으로 부딪히며 즐겁게 걸어가보자, 그런 방랑을 해보자, 하고 저 친구들과 여정을 떠나온 것이고요. 그 와중에 우연히 이곳에 발길이 닿게 되었어요. 저희가 가게를 홍보한다거나 이상한 차림으로 돌아다니면서 단순히 남의 시선을 끌려고 한다거나 뭐 나쁜 짓을 하는 건 아니니 오해하지 마시고요, 허허허.

인상을 찌푸리고 이야기를 골똘히 들어주시던 아제가 갑자기 테이블을 탁! 치신다.

아제   아! 그래!? 멋지네~! (앞에 앉은 자신의 친구분을 가리키며) 야, 친구야, 진짜 멋진 양반들이다. 그럼 내가 오해한 게 맞네. 그 지점에 대해서는 내가 사과를 할게. 이 사과를 받아주길 바래.

문방랑 사과라니요. 당연히 궁금해하시고 저 놈들 이 밤에 뭐지? 하는 생각이 드실 수 있는 것이죠. 괜찮습니다.

아제 그래, 이해해주니 고마워. 자네들은 진짜 멋쟁이야.

문방랑 (오해가 풀린 듯해서 자리를 일어서야겠다는 생각에 목례를 하며) 그럼….

아제 그럼, 어이 거기 다른 선비도 이리 와봐.

엥?!
김방랑까지 부르는 것이 아닌가?

분위기가 요상하게 흘러가고 있었다. 저녁식사를 대접해주시는 아저씨와 식사를 마치면 인사를 드리고 이 어두운 시골마을에서 더 늦기 전에 숙소를 찾아야 하는 상황이었다.

순식간에 김방랑까지 정체 모를 아저씨들의 테이블로 옮겨와서 4명(아저씨+정수리+문방랑+김방랑)이었던 우리 테이블은 2명(아저씨+정수리)이 되고 2명이었던 건너편의 정체 모를 테이블이 4명(아제+아제 친구+문방랑+김방랑)이 되었다.

다소 황당한 상황이지만 그래도 흘러가는 순간순간의 상황을 즐겁게 받아들이며 유유자적 즐기기로 하였기에 아저씨들과 소주 한두 잔을 기울이며 즐거운 이야기를 나누고 있었다.

아제 (소주잔을 채워주며) 이렇게 우연히 만나서 오해로 시작되었

지만 서로 이야기 나누고 웃으며 소주 한 잔 마실 수 있다는
게 좋은 거야. 그렇지? 자, 다들 마셔.

김방랑 네~.

아제 그럼 오늘 시간도 늦고 이렇게 어두운데 선비들 잠은 어데서
자나?

김방랑 아직 정하지 못했습니다.

아제 (갑자기 앞에 앉은 자신의 친구를 가리키며) 느그 집에서 재
워라!

이건 또 무슨 상황인가?

우리에게 관심도 없이 묵묵히 식사를 하시고 별 말씀 없이 소주를
드시던 친구분에게 느닷없이 넘겨진 우리. 본인의 집도 아니고 친구
에게 동의도 얻지 않고 쏟아지는 아제의 말들.

아제 오늘 이 친구 집에서 자면 된다. 문제없다.

친구분 근데 집이 정신이 없어가….

아제 (친구분의 말을 가로막으며) 시끄럽다! 느그들~ 이 집에 가
서 자면 된다. 알것제? (친구를 가리키며) 니도 그냥 그렇게
해라~. 아무 생각 말고 토 달지 말고. 됐지? 니들은 고생스러
운데 잘 됐다. 아~무 걱정 하지 말고 가서 자그라. 그럼 된다.

친구분 뭐… 잘 수는 있는데, 방에 짐들이….

아제 다 잔다. 됐다.

두 분의 묘한 대화, 상반되는 두 친구분의 성격과 말투. 알 수 없는 상황이다.

그 순간 갑자기 탁자 위로 판결문처럼 툭 떨어지는 말.

친구분 그럼… 뭐 그렇게 합시다.

이럴 수가?! 대책 없이 늦은 밤, 우리에게 시비를 거는 줄만 알았던 아저씨가 생각지도 않게 숙소를 해결해주다니.

난감한 상황이었지만 지금 순간을 충실히 즐겁게 보내자 하며 그렇게 마음을 비우고 앉아 있었는데 갑자기 하늘에서 요상한 천사 아저씨가 내려온 것 같았다. 아저씨의 불그레 술 취한 모습까지 멋져 보였다. 하루 종일 마음 한 켠에 '동생들을 어떻게든 편히 재워야 하는데' 하고 무겁게 자리 잡았던 마음이 쑥 내려가는 것 같았다. 그때서야 마음이 편해진 난 시원하게 소주 한 잔을 쭉 들이켰다. 오늘 이렇게 고단했던 하루가 마무리되는구나 하는 생각에 기분 좋은 웃음꽃이 피어났다.

헌데, TV에서 흘러나오는 정치 뉴스에 순식간에 정치 이야기로 분위기가 급물살을 타더니, 눈앞에선 믿지 못할 광경이 펼쳐졌다. 느닷없이 두 분이 의견충돌을 넘어서서 격하게 싸우시는 게 아닌가?!

아제 야! 니가 뭘 안다고 그래! 너 같은 인간이 세상에서 가장 쓸데

없는 놈이다. 아나?!

친구분　아니, 참나 내가 뭘 어쨌다고 나한테 그러는데?

아제　　시끄럽다! 너 같은 정치에 무식한 인간들 때문에 세상이 이
　　　　꼴이다. 다 니 탓이다.

친구분　아니, 난 정치에 관심도 없어. 내가 말을 한 건 누가 잘하고
　　　　못하고를 떠나서~.

아제　　됐다. 친~구? 너 내 친구 맞나?

친구분　아니, 오늘 하루 잘 보내고 뒤풀이로 소주 한 잔 먹자 해서 기
　　　　분 좋게 먹다가 왜 갑자기 분위기가 이렇게 된 건지 모르겠
　　　　네, 참.

아제　　그래! 니가 술 한 잔 산다 해서 기분 좋게 왔지. 근데 너 때문
　　　　에 다 망가졌다.

친구분　아니, 이 사람아! 내가 뭘 잘못했다고 나한테 다 덤탱이를 씌
　　　　우고….

아제　　시끄럽다! 됐다 너 같은 인간은! 내 친구일 필요도 없다, 다
　　　　필요 없다.

　도대체 무슨 상황이지? 정말이지 정신이 하나도 없었다. 하루 종일
걱정했던 잠자리를 약속 받자마자 순식간에 두 분이 격하게 다투시
니 이 예상치 못했던 반전에 복잡한 마음이 이만저만이 아니었다. 그
래도 어떻게든 분위기를 되돌려보려고 김방랑과 함께 열심히 노력을
했지만…, 결국 파국으로 치달았다.

아제　됐다! 다 끝났다 이제! 너하고는 절교다! 내 인생에 너 같은
　　　인간 필요 없다!

친구분　하이고~ 뭐 나도 됐다! 그럼 이제 볼일 없겠네 뭐. 그래도 술
　　　은 내가 사기로 하고 왔으니 내가 마지막으로 술값은 계산하
　　　고 간다. 나도 됐다.

아제　그래! 술은 니가 사라. 잘 가그라. 그리고 이제 볼일 없다. 끝
　　　났다.

　헉! 아제 친구분이 자리를 툭툭 털고 일어나서 가버리시는 게 아닌
가?
　순식간에 낙동강 오리알처럼 표류해버린 우린 넋이 나가버렸다. 우
리를 여기까지 데려온 아저씨도 이미 식사를 마치고 가신 상황이고,
우리가 잠을 자야 하는 집의 주인도 가버리시고, 정수리는 혼자 멀뚱
히 저쪽에 앉아 있고, 식당 아주머니들은 문 닫을 준비를 하시고, 식
당 안엔 운명처럼 우리를 그 자리에 앉힌 운명의 롤러코스터 기관장,
그 이름 '아제'만이 우리 곁에 남아 있었다. 잠시 정적이 흐르고 머쓱
하셨는지 이내 꺼내시는 말씀이 더 작품이다.

아제　저 친구가 나랑 싸워서 절교는 했지만, 너희들은 그 집에 가
　　　서 자라.

문방랑　네??

김방랑　저희가 어떻게….

아제   내가 그쪽에 내려주고 갈게.

문방랑   네?

그렇게 말씀하시고 자리에서 거침없이 일어나시는 게 아닌가!

우리도 그렇게 엉겁결에 어리둥절 자리를 털고 함께 일어나 짐을 싸들고 가게 밖으로 나갔다. 얼떨결에 아제 차에 오른 우리는 밤길을 따라 아제가 향하는 그 어딘가로 향했다.

밤의 시골길은 참으로 적막했고, 우리의 마음도 앞으로의 상황도 칠흑 같은 어둠이었다.

아제   (노래 테이프를 틀며) 이거 내가 진짜 좋아하는 노래야, 들어
         봐.

♩ ♪ ♫ ~띠~~띠리리 리~리리리~~~~짠짠 라~란~

아주 오래된 트로트 풍(?)의 노래가 흘러나왔다. 지금 분위기에 이 음악은 무엇이며 운전을 하고 있는 저 아제는 누구이며, 우린 대체 어디로 가는 것인가. 그렇게 미궁 속으로 빠져 들어가는 우리.

밤길을 달리며 흘러나오는 요상한 노랫가락이 김방랑을 미치게 한 건지, 테이프에서 흘러나오는 음율을 갑자기 김방랑이 따라 부른다.

김방랑   짜짜짜 짠~ 따라~~라라~ 으으음 짜짜 잔~자.

아제   사람이 있잖아, 진짜 나쁜 사람들도 많다. 살다 보면은 그쟈?
       그치만 참으로 좋은 사람들도 많다. 근데 난 나쁜 사람들이
       더 많은 시대라고 생각한다. 진짜 암울한 시대. 하지만 그래
       도 열 사람에 한 사람이라도 생명의 존엄성을 알고 살아가는
       사람이 있기 때문에 난 그 지점에서 '내가 사는 이유'를 발견
       한다. 인간이 살아가야 할 이유를 발견하고 그렇게 살아간다.
       난 가방끈이 짧지만서도 그렇게 산다.

       이상한 첫 만남 이후 펼쳐진 버라이어티한 상황, 그리고 요상한 뽕
   짝 위에 어울리지 않는 듯 얹어진 진지한 아저씨의 '내가 사는 이유',
   '인간이 살아가야 할 이유'. 종잡을 수 없는 이 아저씨의 정체는 도대
   체 무엇일까?
       오래된 갤로퍼 승용차는 요상한 트로트 소리와 함께 탈탈거리며 밤
   길을 20분 정도 달렸다. 그렇게 우린 어딘가에 도착했다. 자동차 헤
   드라이트가 어렴풋이 비추는 곳엔 1층짜리 오래된 건물이 서 있었다.
   그런데 어둠 속에서 모습을 드러낸 을씨년스러운 그 건물은 영화 〈텍
   사스 전기톱 살인사건〉에 나오는 먼지가 자욱이 쌓인 요상한 집 같았
   다. 여기저기 녹슨 농기구들이 간혹 보이고 모든 불은 꺼져 있었다.

아제   어? (잠시 당황을 하시다가) 아니다, 내가 너희 더 근사한 곳
       으로 데려갈게.
문방랑/김방랑/정수리   네???

또다시 다른 낯선 곳으로.

차는 어두운 시골길을 다시 20분 정도 달리더니 한적한 산속 집에 멈췄다. 아까와는 정반대로 정말 근사한, 제법 넓은 정원이 있는 큰 집이 자리를 잡고 있었다. 귀신에게 홀린 듯 어리둥절해서 차에서 내려 고개를 들어 하늘을 보니 쏟아질 것 같은 별빛들이 하늘을 빼곡히 채워 찬란히 빛나고 있었다. 마당 한 켠에 주차하고 잠시 기다리라는 말을 남긴 채 아제는 터벅터벅 집으로 걸어갔다. 이렇게 좋은 집에 살고 계셨단 말인가? 호기심에 우리는 잠시 아제를 기다렸다.

아제 (쾅쾅쾅) 어이, 나와보그라. 나와봐, 어서!

알고 보니 그 집은 아제 집이 아니었고 또 다른 친구분의 집이었다! 시간은 이미 밤 10시를 넘어가는 아주 늦은 시간이었는데….

집주인 아니, 무슨 일인데 밤늦게 뭐하는 거야, 지금?
아제   아니, 내가 급한 일이 좀 있어서 왔다.
집주인 아니, 급한 일이 있어도 그렇지, 이 시간에 이 사람아!
아제   저기, 한복 입은 친구들 있제? 잘 곳이 없다. 니가 좀 재워줘라.
집주인 갑자기 그게 무슨 도깨비 같은 소리야?

조금 멀찍이서 보고 있다가, 더 이상의 오해가 생기기 전에 상황을 수습해야겠다는 생각에 얼른 두 분께 다가가 자초지종을 말씀드렸다. 하지만 밤늦게 난데없이 한복을 차려입은 두 방랑자들과 정수리, 그리고 무대포 아제의 등장에 친구분은 어처구니가 없다는 표정이셨다. 내가 생각해도 천번만번 당연한 반응이었다.

　하지만 너무도 당당한 아제의 기운에 어쩔 수 없게 되어버린 상황. 친구분도 잠시 할 말을 이어가지 못하고 서 있다가 바람 빠진 한숨을 짓고 다시 말씀을 이어가셨다.

집주인　휴, 우선 좀 앉읍시다. 그래도 이왕 왔으니 차 한 잔 마시고.

　야외 테이블에 앉아서 우리의 상황 이야기를 조금 더 들은 후에도 어떻게 해야 할지 모르겠다는 아제 친구분의 표정에 우리 또한 난감한 상황이었다. 설상가상, 그 순간 정적을 깨고 집안에서 들려오는 사모님의 목소리.

사모님　빨리 그냥 아무 여관이나 잡아서 보내! 뭐하는 거야~!

　뒤늦게 알게 된 상황이지만 아제가 문을 두드리기 전 두 분은 부부싸움을 하던 중이셨단다. 정말 죄송스러운 상황이었지만 우리도 정신을 차리고 보니 이곳에 와 있게 되었으니, 참으로 뭐라 설명할 길이 없었다. 꼬일 대로 꼬인 어처구니없는 상황이었다.

　천만다행하게도 시간이 지나면서 조금씩 안정된 분위기를 찾아갔다. 감사하게도 다과를 내오셔서 서로 이야기를 나누다보니 아제 친구분의 입가에도 조금씩 미소가 번지기 시작했다. 그제야 넓은 마당을 한번 휘 둘러볼 수 있었고 마당에 잘 가꾸어진 예쁜 나무들이 눈에 들어왔다. 나무들이 예쁘다고 했더니 아제 친구분은 오래전부터 조경 일을 해오셨다고 말씀을 하셨다.

김방랑　늦은 시간에 본의 아니게 저희가 폐를 끼친 것 같아 죄송합니다.

조경 형님　내가 원래 좀 막무가내인 게 있어요. 면장님도 오고 파출소장님도 오고 막 그렇게 판을 벌여요. 그러다 보니까 이제는 집사람이 사람들 와서 접대하고 그런 걸 싫어해요. 너무 많았던 거지. 우리 집사람이 나쁜 사람은 아니야. 오해는 하지 마요. 내가 하도 일을 저지르니까 눈치를 봐야 하는 상황이라 그랬어요.

아제　내가 미친놈이지, 내가 생각해도 난 웃기는 남자야.

조경 형님　그건 맞다, 허허. 또 이런 사람이 있으니까 세상이 이루어지는 거지 뭐. 그럼 교통수단은 어떻게 해서 당기오?

김방랑　걷다가 히치하이킹 하다가 그렇게 다녀요.

아제　온몸으로 느껴보자, 부딪쳐 보자, 그것이지! 좋아, 참 좋아!

조경 형님　그럼 돈 20원 가지고 걷고…. 그렇다 해도 밥이 제일 문제네, 그치? 식사가.

아제　그래. 댕겨봐야 해. 그래야 우리 국민과 민족을 알 수가 있어.

느그들은 현대판 김삿갓이야.

문방랑 맨몸으로 세상 속의 나를 만나고 부딪히며 살아 있는 날것의
청춘, 그 자체를 살자.

아제 그래, 그러면서 부딪기고, 그렇게 온몸으로 느껴보자 해서 떠
나온 거잖아. 자네들이 대한민국 진짜 피부를 온몸으로 한번
만져보러 온 거야.

문방랑 네.

아제 자네들처럼 '어떻게든 되겠지 정신' 아주 좋아. 그 정신 하나
면 분명히 세상 한판 해볼 만한 게임이야. 이야~ 삶의 별미
가 딴 곳에 있는 게 아니라 바로 지금 여기에 있었네! 내가
지금 촌에서 세상에 제각기 빛나는 별들을 만났구나.

문방랑 아따, 우리 삼촌! 문장 기가 막히십니다.

아제 내가 문장력이 뛰어난 사람이다. 내가 아나운서 되는 게 꿈이
었어. 하하.

문방랑 이렇게 멋진 분이 갑자기 불 다 꺼진 친구분 집에 느닷없이
쳐들어가시고.

아제 나쁜 놈이지.

정수리 내가 보니까 삼촌도 우리도 문득 정신을 차리고 보니 여기였
던 거야.

일동 그렇지, 그게 맞다! 맞다!

아제 친구, 내가 미안타, 진짜 미안타. 내가 갑자기 온 거는 실례다.
근데! 사람은 내 마음이 이끄는 대로 돌발적인 행동도 할 수

있어야 한다.

조경 형님 그러게, 헌데… 지금 참 나도 난감하네.

아제 어쨌든 내가 이 사람들 여기 데리고 온 이상 니가 책임져야
해. 옛날에 김삿갓한테도 이런 식으로 안 했어.

조경 형님 기다려봐.

조경 형님은 어딘가로 전화를 걸었다.

아제 동생들, 나는 느그들한테 경상도의 매력을 보여주고 싶다. 뭐
든지 할 수 있는 기다. 이게 나고 또 너희다. 참말이다. 그 다
음은 이 친구가 책임져야 하는 기야~. 하하하. 맞제?

문방랑 너무 신경쓰지 마세요. 저희는 지금 정말 진심으로 이 아름
답고 멋진 감사한 기운을 받아서, 밤새도록 걸어가도 됩니다.
진짜로.

아제 그렇~게 멀리서 걸어걸어 왔단다, 이 친구들이…. 동생들, 이
렇게 어이없고 황당한 게 또 인생이다. 막무가내이기도 하고
또 어렵기도 하고 그러다 사람 때문에 또 웃고 울고 그 여러
상황들이 사람이 사는 세상이다.

문방랑 죄송스러워서 큰일이네요.

아제 다 그렇게 사는 거야.

잠시 후 통화를 마치고 돌아온 친구분은 대뜸, 치킨 좋아하냐고 물

으셨다. 어디 잘 곳을 찾았냐는 아제의 말에 친구분은 시내에 집이 한 채 있다고, 방이 3개인데 세입자 혼자 쓰고 있어서 거기에 연락해 봤는데 다행히도 세입자가 괜찮다고 했다며 그곳으로 가자고 하셨다.

갑자기 온몸이 짜릿했다. 이게 대체 무슨 일인지 실제로 경험하고 있으면서도 납득하기가 어려웠다. 또 다른 곳이라니, 그리고 이게 지금 하룻밤 사이에 계속해서 일어나고 있다니, 이것이 진짜 미친방랑이로구나 하는 생각이 들었다.

문방랑/김방랑/정수리 정말요? 감사합니다, 선생님. 감사합니다.

우리는 차를 나누어 타고 드디어 제3의 종착지로 향했다.

정말 버라이어티 하고 한 치 앞도 예측 불가능한 상황 가운데 반전의 반전을 거듭하며 흘러온 오늘 하루, 마지막 장소엔 어떤 분이 기다리고 있을까? 이 밤 우리는 어떤 분위기 속으로 또 다른 여행을 떠나게 될까?

그렇게 우리는 다시 차를 타고 10여 분을 달려서 마당이 딸린 1층짜리 현대식 가옥으로 된 마지막 목적지에 도착했다. 서글서글한 인상에 키가 꽤 큰 남자분이 우리를 맞이해주셨다. 마당에는 각목과 비닐하우스를 이용해 지어진 간이 바베큐장이 있었다. 세입자분은 우리가 온다는 이야기를 듣고 손님맞이를 해놓고 계셨다. 마당 한쪽에서는 참나무 숯이 벌겋게 달궈지고 있었고, 테이블 위에는 이미 잘 달궈진 숯과 함께 꽁치가 구워질 준비를 마치고 있었다. 확실히 이번에는 여기서 자는 게 틀림없어 보였다.

　우리를 재워주기로 한 세입자분은 대한민국에 300명 정도밖에 없는 항공 관제사라고 하셨다. 관제사라는 직업적 특성 때문에 이곳에 오게 되었고, 2년째 이곳에서 살고 계셨다.

　마당 한 켠에 만들어놓은 비닐 천막 안으로 들어가 비로소 모두 모여 앉아 작은 파티를 열었다. 그때서야 우리는 그날 하루 있었던 우여곡절의 이야기 보따리를 풀며 즐겁고 신나는 분위기에 취하고 또 술 한 잔에 취하며 오래된 친구처럼 함께 웃음꽃을 피웠다.

김방랑　오늘 정말 신기하고도 엄청 기분 좋은 밤이네요, 진짜.

정수리　아, 근데 집주인 선생님이랑 아제 두 분은 어떻게 친구가 되셨어요?

아제　　지가 나를 쫓아다녔지. 내가 공부 잘하니까.

조경 형님　중학교 때.

문방랑　아, 중학교 때부터 친구신 거예요?

아제　　쟤 공부도 못해, 어리해가지고, 그래 내가 많이 터득해줬다. 세상은 열심히 하기 나름이다, 니 기죽지 마라, 그랬지. 그때부터 나한테 형이라 그러더라고. 근데 중요한 건 지금 이 친구는 성공했다. 나는 아직 성공하지 못했고. 하지만 난 아직 이 나이에도 꿈과 희망, 야망을 가지고 있다. 난 내 꿈을 언젠가는 꽃 피울 거거든. 지금 노력하고 있다.

문방랑　삼촌의 꿈은 무엇입니까?

아제 난 나만의 나무를 키운다. 대부분 나무를 독특한 방향으로 키우지 못하고 다들 비슷하게 똥글똥글하게 키우잖아. 근데 나는 그래 안 한다! 시간이 좀 걸려도 나만의 독특한 방향으로 곡선을 주어서 키운다. 나만의 방식대로 나무를 키우는 것. 그게 나고 그게 내 삶이다. 이렇게 나의 꿈은 살아 있다. 느그들~, 나중에 나무 한 그루 달라 하지 마라! 굉장히 비싸다.

관제사 형님 아, 멋지네요~! (준비하셨던 호리병을 꺼내시며) 자! 함께 뽕주 한 잔씩들 하세요.

아제 아, 이 귀한 걸! 그래, 좋다. 오늘 지대로 간다.

문방랑 오늘 하루가 정말 영화처럼 스쳐가네요. 돌고 돌고 돌다가 정말 말도 안 되게 아제를 만났는데, 처음에 아제가 '너네 누구야? 왜 온 거야? 뭐야?' 이러시는데,

아제 맞다, 내가 그랬다. 이 상것들이 말이야, 식당에 들어와서 뭐 하는 거야~ 이랬다, 내가.

문방랑 처음에 아제가 너무 세니까 본능적으로 '아, 저 아저씨 술 취해서 왜 저래' 이랬거든요. 근데 다행인 건 순간 나도 모르는 사이에 바로 생각을 바꾼 거예요. 아! 이건 내가 잘못된 거다. 선입견 없이 아무것도 없이 먼저 다가가서 이야기 나누자. 그것이 우리가 다짐하고 생각한 방랑이고 소통이지 않은가. 그래서 아제 자리에 가서 웃으며 앉을 수가 있었죠.

아제 그건 나도 잘못한 거다. 하하.

문방랑 사람이 가까워지고 만나고 소통하는 것이 그 진심이 서로 맞

닿기 전까지의 과정은 필히 필요한 거 같아요. 그런데 그것을 그냥 무시하거나 선입견을 갖거나 지나치거나 하는 경우가 많은 거죠. 무더운 여름 바다가 보고 싶어서 맨발로 바닷가를 나가면 처음에는 너무 뜨겁고 모래에 푹푹 빠지고 그러면 순간 너무 짜증나지만 갈수록 시원해지고 물에 들어가면 큰 매력에 빠지잖아요. 사람도 그런가 봐요.

아제   그런 남자, 그게 나야!

문방랑   아제한테 모든 걸 몰입시키지 마세요.

일동   아하하하!

문방랑   오늘 밤 정말 여정의 모든 걸 담고 있는 하루인 것 같아요. 오

늘 아침부터 시작해서 끊임없이 버라이어티 하고 말도 안 되는 흐름 뒤에 이 결과는 삶의 압축을 말해주는 것 같아요. 지금 우리와 이렇게 같이 앉아 웃고 계시는 아제와 조경 형님과 관제사 형님과 우리 이십원 동상들을 바라보니 정말 꿈 같습니다. 그저 촌스런 마음과 맑은 눈을 가지고 세상을 바라보는 미친방랑! 이 자체가 인생이로다~!

일동   얼씨구~!

김방랑 문방랑 형님! 이 기가 막힌 분위기에 목청 좋~게 노래 한 자락 해주시지요!

일동   아~ 그래! 좋다.

문방랑 하하, 그렇다면 제가 한 자락 뽑겠습니다.

아제   좋~다! 박수~!

꿈이로다~ 꿈이로다 모~두가 다 꿈이로다

너도 나도 꿈속이요 이것 저~것이 다 꿈이로다

꿈 깨이니 또 꿈이요~ 깨인 꿈도 꿈이로다

꿈에 왔다 꿈에 가네 꿈에 나서 꿈에 가는 인생아

모두다 부질~없다 아~아~ 한 번 왔다가 가는 꿈

그 꿈을 꾸어서 무엇을 헐거나 아이고 데고 허허으어 으으

한 번 왔다 그저 가는 꿈 건드렁거리며 그저 술 한 잔 툭 털어 마시고

우리 지금처럼 허~허 웃으며 함께 살아가십시다 그려~

모두들 기분 좋은 박수소리와 함께 건배를 외치며 잔을 부딪힌다. 노래를 다 들은 조경 형님과 아제가 한 말씀씩 하셨다.

조경 형님 정말 감동입니다. 제가 이 '꿈이로다 꿈이로다' 노래를 TV 에서도 들었어요. 그때도 내 마음속에 겨울이 아닌데도 흰 눈이 펄~펄 날리는 것 같았고 또 한편 붉은 꽃이 후두둑 떨어지는 것 같았거든. 근데 오늘 이 노래를 1미터 안에서 살아 있는 음성으로 들었잖아. 들으면서 내가 정말 꿈속에 서 왔다가 꿈속으로 가는 것 같았어요.

내가 이 노래를 눈 감고 들으면서 이런 생각을 했습니다. 우리 인생이 저 연기처럼 금세 사라지는데, 우리는 늘 그것 을 잊고 살아가지요. 앞으로는, 버리고 또 버려야겠다. 내 인생, 남은 인생…. 욕심도 다 부질없어요. 더 놓고 더 비워 야겠구나.

어쩌면 오늘 우리가 만난 이 순간이 도깨비 장난인지도 모 릅니다. 정말 어이없는 상황에서 우리가 이렇게 처음 만났 지만 이제는 오히려 내가 너무 감사해요. 내 인생에 이런 특별한 날이 생길 줄은 전혀 몰랐는데, 저 친구(아제)가 날 이런 좋은 밤으로 안내를 다 했네. 그리고 선비님들은 어떤 인연에서 이렇게 된 건지는 모르겠지만 오늘 우리 집에 찾 아오게 돼서 고맙네.

정말 미안한데 우리 노래한 선비님한테 한 가지만 부탁할

게요. 나…, 집사람한테 이 노랠 꼭 좀 들려주고 싶어요. 다시 한 번만 더 들려주면 안 될까? 내 녹음을 해서 우리 집 사람과 꼭 함께 듣고 싶어….

그렇게 우리의 웃음소리와 노랫소리는 서로의 마음을 하나로 이어주었다.

아제   삶이 뮤지컬이다. 이 연극 금방 끝나간다. 나에게도 이런 추억을 선물해줘서 그대들한테 정말 고맙다. 내 이 말 해주고 싶다.

늦은 새벽녘까지 이어진 자리에는 웃음과 노래, 아름다운 사람의 향기가 진동했다.
이토록 아름답고 신기한 하루가 또 있을 수 있을까….

특히! 바보 아제, 순백의 사람다움을 펄펄 끓는 뜨거운 가슴에 지닌 바보 같은 그 사람.
인연의 롤러코스터 기관장, 아제의 등장은 이 각본 없는 스펙터클한 드라마를 가능케 했다.
아제~!! 고마워요!

잠시 눈을 지그시 감고 생각한다.

아제와의 첫 만남의 아찔함(?)과 불편함을 그냥 굳은 얼굴로 튕겨 냈다면 어떻게 되었을까? 이렇게 아름다운 순간은 탄생하지 못했겠지….

내가 삶을 살아가며 무수히 겪었던, 사람과 사람의 어긋남과 불편함의 많은 부분은 어찌 보면 내가 상대를 대하는 태도에서 비롯되지 않았을까. 나의 가족이나 친구, 잘 아는 동료이든 처음 만나는 사람이든 나에게 다가오는 첫인상이 별로인 사람이든 내가 판단 내리고 내가 먼저 벽을 만들지 않았을까. 순간순간 사람을 대하는 것이 얼마나 소중하고 값진 것인가를 살갗과 숨결로 깨닫게 되었다.

늦은 시간 우리를 밝은 미소로 맞이해주신 제3의 종착지 관제사 형님의 환대 또한 잊을 수가 없다. 참으로 하루 안에 일어난 일이라고는 믿을 수 없는 우연과 어긋남의 조화는 한 편의 영화와도 같았다. 상상도 할 수 없는 불가능의 상황과 얽힌 상황을 아무도 예상치 못한 반전의 축제로 이끈 것은 대단한 삶의 지혜도 어떠한 깊은 깨달음도 삶의 테크닉도 아닌 그저 서로를 대하는 '소박한 진심이 빚어내는 웃음, 그 마음을 담은 작은 몸짓'이었다.

순간순간 다가온 '우연과 운명', 그 인연들의 향연들은 한편의 '운명극장'을 만들었다. 🪧

화룡점정
畫龍點睛

마음으로 만나는 사람, 친구

    세상에서 제일 좋아하는 것이 뭐냐고 물어보면, 언제나 주저없이 '사람'이라고 대답한다. 외로움과 그리움이 인생의 숙제였던 나는 그 답을 사람에게서 찾았다. 어머니가 돌아가신 초등학교 1학년 때부터 내 삶에 외로움이 찾아왔다. 하지만 그때는 그게 외로움인 줄 몰랐다. 친구들이 있었기 때문이다. 그랬다. 친구들 덕분에 나는 그 당시 나에게 찾아온 외로움을 알아채지 못했다. 고마운 친구들 덕분에 말이다.

    그러다가 사춘기를 지나고 관계의 깊이에 대한 이해가 생기기 시작하면서 내 결핍에 대해서 인지하게 되었다. 그렇게 내게 찾아온 외로움과 그리움을 자각한 순간에도 다행히 친구들이 곁에 있었다. 그래서 내게 친구는 그냥 단순한 친구가 아니라 그 이상의 의미를 갖는다. 누구와 더 친하고 친하지 않음을 중요하게 생각하지 않게 되었다. 나와 함께 어울려 이 시대를 살아가고 있는 사람들이라면 모두 내 친구가 된다.

    사회에 나온 이후로는 친구를 만드는 것이 어렵다고 하는 사람들이 있다. 사전적 의미에서 보면 친구는 가까이 두고 오래 사귄 사람이라고 한다. 그런 사전적 의미로 따져보면 사회에 나온 이후로는 친구를 만드는 게 어려운 게 사실이다. 가까이 두고 오래 사귀기가 쉽지 않으니까 말이다. 이처럼 명사가 가진 힘은 대단하다. 단어 하나가 정의내린 뜻에 우리가 맞춰지기 때문이다. 그런데 정말로 가까이 두고 오래 사귄 사람만이 친구인가 싶다. 적어도 내게 있어서는 가까이 두고 오랜 사귄 사람만이 친구는 아니다.

학창시절이 끝나고 난 뒤, 우리는 어느 순간부터 이해관계 속에서 사람들을 만나게 된다. 사람과 사람의 만남을 득과 실을 따져가며 만나게 되는 것이다. 그렇게 만남을 가지다 보니 친구가 되기 어려운 게 아닌가 싶다. 내게 친구는 가까이 두고 오래 사귄 사람이기보다, 마음으로 만나는 사람이다. 상대방이 나를 마음으로 만나는 것이 먼저가 아니다. 내 마음이 상대방의 마음에 닿으면 그의 마음도 이내 내 마음에 와 닿을 것이기 때문이다.

방랑을 하는 동안 마음이 닿은 친구들이 우리를 응원하러 와주었다. 단 한 끼라도 대접해주고 싶은 마음에, 그리고 우리의 미친방랑을 함께 즐겨보고 싶은 마음으로 달려와준 친구들이다. 문방랑의 생일이라고 서울에서 떡케이크를 준비해 속초까지 날아와준 친구들이 있었고, 고생한다며 한 상 거하게 차려주고 싶어서 와준 형들이 있었고, 우리도 한복 한 번 입어보자며 한복을 입고 5시간을 차를 타고 달려와준 낭자들이 있었으며, 여름 피서를 우리가 있는 곳으로 날아온 사람들이 있었다. 다들 마음이 맞닿은 그런 사람들이다.

참, 즐거운 일이다. 우리가 하고 싶어서 떠난 방랑인데, 친구들이 우리를 더 걱정해주고 응원해주었다. 덥지 않냐고 물어주는 그들이 고마웠고, 배는 고프지 않냐고 물어봐주는 그들이 고마웠다. 무엇보다 결코 내딛기 쉽지 않을 그 마음이 담긴 걸음을 우릴 향해 내딛어줘서 고마웠다.

문방랑과 정수리도 마음이 닿은 친구들이다. 미친방랑을 하는 동안, 세상의 그 누구보다 가까운 곳에서 서로 마음을 주고받은 사이다. 각자 개인의 꿈을 가슴에 품고 있었다. 그 꿈을 이루기 위해 서로를 이용한 것이 아니었다. 그 꿈에 다다르기 위해 서로의 꿈을 응원해준 것이다. 같은 마음인 듯 같지 않은, 같은 마음으로 그렇게 함께 마음을 활짝 열고, 부딪히고, 서로 깎이면서 걸음을 내딛었다.

이십원이라는 이름 아래 모였지만, 처음엔 30대의 남자 셋이 떠나는 방랑이었을지도 모르겠다. 남들 눈에는 정말 미친방랑처럼 보일 이 프로젝트를 진행하면서 셋이 아니라 우리가 되었다. 희노애락을 함께 나누고 동거동락하며 우리는 어느새 마음이 맞닿은 친구가 되어 있었다.

논어에 보면 '君子(군자) 和而不同(화이부동), 小人(소인) 同而不和(동이불화)'라는 말이 나온다. 화합과 어울림을 대구로 관계에 대한 삶의 자세를 말해주고 있다. 친구가 바로 이런 군자의 마음으로 만나는 관계가 아닌가 싶다. 함께 지내지만 서로의 다름을 인정하고 나는 나로서 상대방은 상대방으로서 존재할 수 있는 그런 관계를 만들 수 있다면, 누구나 친구가 될 수 있다.

이 책을 통해 내 마음이 당신의 마음에 닿았소이까?
반갑소이다, 친구. 🔲

친구 1

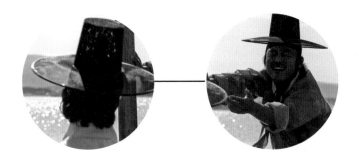

友

내 욕심에 눈이 멀거든 내 손을 잡아주게.
내 아집에 눈이 멀거든 내 마음 잡아주게.

세속에 눈이 멀어 내가 내 모습을 보지 못하거든
검게 그을린 내 心眼(심안) 닦아주게.

우리 그런 친구인가?

그렇게 내 손 잡아주게나.

친구 2

"나 낚인 것이오?"

"형님이 세상이 던진 독이 든 미끼를
물려고 하시기에 내 형님을 낚아왔소."

"그랬능가!?
큰일 날 뻔했구만. 고맙네, 동상."

"형님~, 다음 번엔 내 손을 잡아주시구려.
허허허."

30년 우정, 30년 여행

우리 애기들이 3~4살 때부터 같이 다녔는데
벌써 그 애들이 결혼하고 애기 낳고, 시간 참 빨라.
바쁘게 살고 열심히도 살고,
그래도 매년 꼭 이렇게 우리 함께 여행을 다녔어~.

그게 벌써 30년이야. 서로 바쁜 세월을 살았으니까 1년에 한 번 이렇게 함께 여행을 다니고 쉬는 거야. 애들이 어릴 때는 다 데리고 다녔는데 중고등학교 올라가면서부터는 친구들하고 놀려고 하지 우리를 따라오지 않더라고. 그때부터는 또 우리끼리 계속 이렇게 다닌 거야, 줄곧 지금까지. 너무 즐겁잖아.

우리가 벌써 60이 넘었는데 생각해보면 앞으로 이렇게 팔팔하게 여행 다닐 수 있는 시간이 10년밖에 남지 않은 것 같아. 1년에 한 번, 이제 10번밖에 안 남았다고 생각해봐. 얼마나 아쉬워. 그러니까 열심히 다녀야지.

지금까지 살아보니까 즐겁게 살고 여행 다니고 한 것밖에 기억에 남는 게 없는 것 같아. 그만큼 열심히 살기도 했고. 지나고 보면, 힘들고 어려웠던 것도 별거 아니야. 그냥 즐겁게 살고 여행 다니며 살아요.

우리 돈 있고 여유 있어서 여행한 거 아니야. 30년 전부터 지금까지 텐트 가지고 다니면서 아무 곳이나 발길 닿는 곳으로 다니다가 마음에 드는 장소 보이면 텐트 치고 자고 그렇게 다녔어. 좋은 펜션들 유행하고 그랬을 때도 우리는 그냥 지금처럼 다녔어요. 그게 그렇게 재밌고 즐거웠어. 지금도 그렇고.

남들은 우리가 그렇게 10일씩 15일씩 여행 다니면 돈이 엄청나게 많이 들 거라 생각하는데 안 그래요. 우리가 여기에 4명에서 10일 동안 먹고 자고 놀고 하면 경비가 얼마나 들 거 같아요. 식비랑 이것저것 해서 50만 원 정도밖에 안 들어요. 그럼 4명에서 먹고 자고 하루에 5만원 꼴인데 너무 좋잖아. 우리도 부담이 되면 30년 동안 어떻게 같이 다녔겠어.

젊었을 때도 텐트 가지고 이곳저곳 여행하면서 다니다가 비가 너무 많이 오고 상황이 안 되면 작은 민박 같은 곳 잡아서 자고 그랬어. 젊었을 때는 여기저기 많이도 다녔지. 안 가본 곳이 없을 정도니까. 지금이야 이렇게 캠핑장비들도 좋아지고 없는 게 없지만 그때는 그냥 코펠이랑 몇 가지 챙겨서 다녔지.

그런데 바뀐 것이 하나 있다면 나이 들면서

는 여기저기 옮겨 다니지 않고 한 곳에서 오래 있는 거야. 지금 여기에서도 한 열흘 정도 있으니까. 이젠 한 곳에 오래 있는 게 그렇게 좋더라고 우린 내년에도 여기 와서 한 열흘 있을 거니까 선비님들 내년에도 한복 입고 또 와요, 얼굴 보게.

지나고 보면 힘들고 어려웠던 것도
인생도 별거 아니야.
그냥 즐겁게 살고 여행 다니며 살아요.

"여보게, 김방랑~.
한 30년 함께 방랑 다녀 보시겠소?"

"허허, 고것 참 생각만으로도 신나는 일이요~."

복숭아 사이소~!

어느덧 방랑 15일차, 우리의 발걸음은 경상북도 영덕군 병곡면에 닿았다. 해변을 따라 걷고 또 걸었는데, 해변의 끝자락에 다다르니 더 이상 길은 없고 도로 위로 올라가야 하는 상황이다.

도로 위로 올라가니 작은 삼거리가 펼쳐졌다. 한쪽 길은 우리가 걸어온 방향과 같은 방향이고 우리가 선택해야 하는 길은 두 갈래가 되었다. 잠시 멍하니 서서 서로 얼굴을 쳐다보니 어이없는 웃음만 피어난다.

"브라더는 어느 쪽이 땡기시오?"
"흠… 나도 모르겠소이다."
"형님들, 그럼 우리 동전을 던집시다."

그리하여 던져진 동전은 우리를 차들이 쌩쌩 달리는 고속국도 위를 향하도록 하였다.

걱정 반, 너털웃음 반, 터벅터벅 걸어 고속국도 위에 올라선 우리는 히치하이킹을 시도했다. 영덕이든 포항이든 그 중간이든 어디든 우연에 몸을 맡겼다. 30분 정도 이리저리 시도를 해도 차량들이 설 기미는 보이지 않았다. 그도 그럴 것이 너무 세차게 달리는 차량들이 우리를 발견하고 차를 세우기에는 고속국도 위 상황이 녹록하지 않았다.

뜨거운 도로 위에서 몸이 지쳐갈 즈음, 저 뒤편에서 누가 우리를 부르는 것이 아닌가.

무슨 소리지 하고 뒤를 돌아보니 도로 위에서 복숭아를 파시는 사장님께서 더운데 복숭아 한 점 먹고 하라신다. 허허, 날도 덥고 목도 마른 상황이라 휴식을 취할 겸 감사히 그 마음을 받았다.

"어디서 오셨어요?"

"저희는 한양에서 왔습니다."

"이 삼복더위에 한복을 이리도 곱게 차려입으시고 고생이 많으십니다. 식사는 하셨어요?"

"아직입니다."

"아, 그럼 이렇게 계속 서 있으면 더위 드시니까 좀 쉬실 겸 자장면 시켜드릴게요, 좀 드시고 가세요."

"네?"

더운 길 위에 서 있는 우리를 보고 이런 천사 같은 마음씨로 아무 물음도 없이 품어주시다니, 몸 둘 바를 모를 노릇이었다. 죄송스러운 마음에 사양을 해도 한사코 말리시며 괜찮으니 쉬고 식사를 좀 하고 가라고 거듭 말씀하셨다.

허허, 이를 어찌헐거나. 우리는 서로 눈빛을 나누었다.

'우리 이 감사함을 그냥 받을 수 없으니 자장면이 올 동안 복숭아를

팝시다, 그려~.'

우린 복숭아라고 크게 써 들고 어떻게 해서든 하나라도 팔아보자는 마음으로 성심성의껏 홍보를 해보았다. 머리 위에도 얹어보고 감추었다가 펼쳐보고 효과가 없어 결국 춤도 추고 무술도 하고 별짓을 다해도 복숭아를 사려고 차를 세우는 사람은 없었다.

노력했지만, 결국 하나도 팔지 못했다.

우연히 한두 번 정도 팔 수는 있었겠지만 이것은 당연한 결과일지 모른다는 생각이 머릿속을 스쳤다.

우스꽝스런 몸짓, 과장된 행동, 독특한 의상.
시선을 끌기에는 충분하나
우리는 복숭아를 모른다.

세상을 살아가는 것도 이와 같지 않을까? 괜스레 까분 것은 아닌지 죄송스런 마음과 감사한 마음과 어이없는 자조적인 웃음이 남몰래 입가에 배어 나왔다. 사람이 살아가며 그 상황 속 관계 속의 나를 소박하고 단순하게 바라본 후 깊이의 진심을 적용하는 것, 그것은 본질에 근접하는 참으로 좋은 연습일지도 모른다.

우리가 살다 보면 나는 기분이 좋고 즐거웠고 진심이었는데 오히려 상대방에게 적게나마 피해를 주거나 포인트가 어긋나는 경우가 종종 있다. 우리는 감사함에 복숭아를 하나라도 팔아드리려 했던 진심은 있었으나 혹여 장사하시는 데 방해가 되지는 않았을까 하는 생각이

들기도 했다.

잠시 후, 자장면이 도착하면서 우리의 작은 쇼는 초라하게(?) 끝이 나고 진심의 마음이 듬뿍 담긴 맛있는 점심을 먹을 수가 있었다.

커피 한 잔을 나누며 이런저런 이야기가 오고 갔다. 어떻게 여행을 하게 되었으며 왜 다니는지 등등 사장님의 궁금증에 이런저런 대답을 해드렸다.

"세 분이 하시는 지금의 행동은 분명히 가치 있는 일이 될 겁니다. 제가 여러분의 행동을 보고 충격을 받았어요. 정말 지금처럼 좋은 생각 좋은 마음으로 꾸준히 활동하시면서, 여러분의 모습이 사회에 한 충격파로 작용했으면 좋겠습니다."

자리를 정리하고 일어나 다시 방랑길에 오르는데 가면서 먹으라며 지구만 한 복숭아(마음의 크기는 그보다도 더 크고 따스했다)까지 챙겨주시는 게 아닌가. 다시 히치하이킹을 시도하려는 우리의 모습이 마음에 걸리셨는지 이제는 사모님께서 나서셨다.

"저기, 어디로 가실 생각이세요? 여기는 위험하기도 하고 차가 잘 잡히지 않으니 어느 정도라도 모셔다드릴게요."

"아이고, 아닙니다. 지금 장사하셔야 하는데 저희가 시간도 뺏고 큰 호의도 받아서 정말 몸 둘 바를 모르겠어요."

"네, 저희는 지금도 정말 너무 감사하고 행복합니다. 그러지 않으셔도 돼요."

그런데 사모님의 말씀 한마디에 아무 말도 할 수 없게 몸이 굳어버렸다.

"마음, 이게 사람 사는 것이지요."

그 말씀이 큰 울림으로 다가왔다.

그렇게 30킬로미터나 되는 거리인데도 불구하고 기어코 우리를 직접 봉고차에 태우시고 다음 목적지까지 데려다주셨다. 가는 길목에 우린 대화를 주고받으며 그 마음의 진심을 더욱 진하게 느낄 수 있었다.

"사실 우리도 예전에는 잘 살았어요. 남들 부럽지 않게 그렇게 살았는데, 남편 사업이 실패하면서 한순간에 바닥으로 떨어졌어요. 그때 알았어요. 돈이 아니라 사람이 중요하구나 하고 말이에요. 망하고 나니깐 주변에 사람들이 몇 없더라고요. 돈으로만 맺은 관계들이었기 때문에 그런 게 아닌가 싶었어요. 물질의 많고 적음이 아니라 마음이 나눔으로 가득 차야 우리가 행복한 삶을 살아갈 수 있는 거잖아요. 그런 마음으로 서로 사랑하면서 화평하게 만들어야 되는 거라고 생각해요.

어떤 종교들을 믿는지는 모르겠지만, 나는 기독교, 하나님의 말씀을 믿어요. 지금 하는 말은 전도하기 위해서 하는 말도 아니고, 자기 자랑도 아니고, 그냥 살면서 내가 느낀 것들을 말해주는 거예요. 하나님의 사랑이 그런 거더라고요. 우리가 오늘 세 분을 도와주는 것도 우리가 부자라서 그러는 게 아니잖아요. 내 아들 같은 사람들인데 내가 도와줘야 우리 아들도 밖에 나가서 다른 사람들로부터 같은 대접을 받을 거 아니겠어요. 그리고 또 부모님들한테 항상 감사하는 마음으로, 이렇게 좋은 마음가짐으로 낮은 자세로 지내기를 바라요. 나의 희생 없이 얻는 것은 아무것도 아니고, 그렇게 해서는 진짜를 얻을 수도 없어요.

내 자랑은 아니지만, 한번은 길을 걸어가는데 배고픈 걸인을 한 분 만났어요. 좀 도와달라고 손을 내밀기에 지갑에서 만 원짜리를 한 장 꺼내서 주려다가, 이건 아니다 싶어서 직접 그분을 모시고 음식점으로 갔어요. 내가 만 원짜리 한 장을 줘도 그분은 식당에 들어가서 밥 한 끼 사 먹을 수 있겠지만, 그 음식점에서 그분을 반갑게 맞이하지도 않을 것 같고, 홀대 받으면서 식사를 하실 것 같더라고요. 직접 사장님에게 주문을 하고 편하게 먹고 가시게 해달라고 그렇게 말씀을 드리고 나왔어요. 나는… 이게 내 입으로 말하니깐 내 자랑 같아서 좀 그렇지만, 사람들이 이런 마음으로 다른 사람들을 대해주면 세상이 좀 더 살기 좋아질 거라고 생각해요. 그래서 나는 청년들이 이런 마음으로 사람을 중요하게 생각했으면 좋겠다고 생각해요."

　　사모님의 이야기를 듣고 있는 내내 가슴이 따뜻함으로 가득 차올랐다. 이런 마음을 가진 분을 만나서 행복한 순간이었고, 어머니의 마음, 사랑이 전해지는 그런 순간이었다. 엊그제 만난 아제와의 에피소드만큼이나 우리의 미친방랑을 관통하는 사랑의 메시지가 가득한 삶을 만난 것이었다. 30여 분을 달려 장사 해수욕장에 도착했다. 차에서 내려 작별인사를 나누며 꼬옥 안아드렸다.

　　잠시 삼각형이 되어 서로를 포개어 안고 있는 동안 무엇인가 말로 표현할 수 없는 진한 사람의 숨결이 서로를 토닥이며 위로해주고 응원해주고 있었다.

개인주의가 난무하고
갈수록 무서워지는 세상

과학과 기술의 발달이 가져다준
기계의 편리함

그것이
우리의 심장을
따스하게 해줄 수는 없지 않겠는가

갈수록
척박해지고 메마르는
사람들의 감정들

그 감정들을 보듬어주고
온기를 불어넣어주는 것은

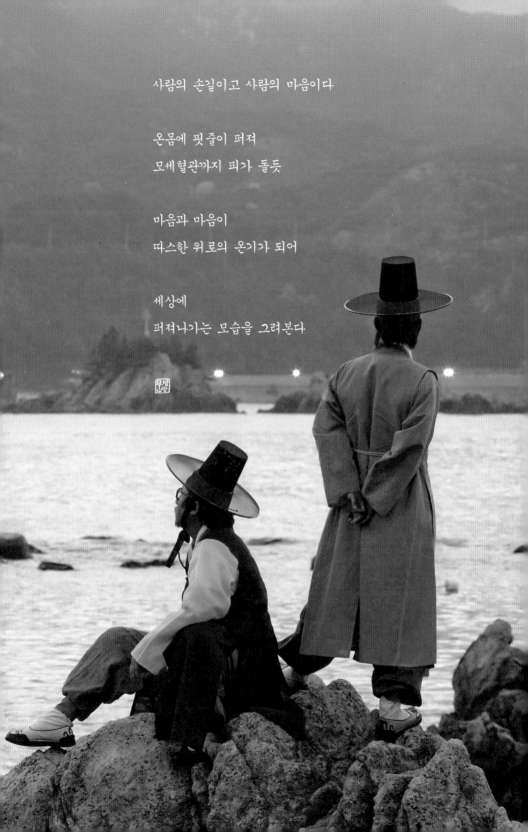

사람의 손길이고 사람의 마음이다

온몸에 핏줄이 퍼져
모세혈관까지 피가 돌듯

마음과 마음이
따스한 위로의 온기가 되어

세상에
퍼져나가는 모습을 그려본다

기적

기적은
어찌 보면 우리 옆에
항상 존재하는 친구일지 모릅니다.

자연스러웠던
마음 나눔이
귀해지다 보니

기적이라는
이름을 달았는지 모릅니다.

여러 생각
지우고
마음
마음
직통 하면
기적은 친구가 됩니다.

마주보기

　문방랑의 통화소리에 잠에서 깨어났다. 간만에 앉은 자동차 뒷좌석은 내게 단잠을 선물해줬다. 뒷좌석에 앉아 있다가 잠에서 깨어나며 목적지에 도착하는 게 이런 기분이구나 싶다. 뒷좌석의 단잠 효과를 부산 가는 마지막 히치하이킹에서라도 경험할 수 있어 다행이다.

　차에 타기 전 생각을 하니 아찔하다. 마지막날 히치하이킹은 난이도가 별 다섯 개였다. 히치하이킹을 위해 세 시간을 태양빛이 내리쬐는 길 위에 있었다. 보통 한 시간 정도면 차가 잡혔는데, 아스팔트에 눌어붙을 뻔했다. 세상은 결코 호락호락하지 않다는 걸 망각해서는 안 되나 보다.

　아제를 만나고 복숭아를 팔아보고 나니 15일이 지났다. 한복을 입고 경주에도 가보면 좋겠다고 생각했는데, 시간이 부족했다. 아쉬움을 남기는 것도 여행의 또 다른 맛이라고 자위하며 우리는 영덕의 장사 해수욕장에서 부산으로 넘어왔다. 높다랗게 솟은 빌딩들이 가득한 부산 시내가 창 밖으로 보인다. 홍대에서 출발한 지 16일째 되는 날, 드디어 부산에 도착했다.

　잠에서 막 깨어나서 그런가? 지난 16일간의 일들이 마치 꿈만 같다. 홍대에서 부산으로 차를 타고 오면서 꾼 꿈이 미친방랑인 것 같았다. 긴 꿈에서 깨어난 아침처럼, 이상하리만큼 평온한 마음으로 부산에 도착하고 있었다.

해운대에 도착했다. 높다랗게 솟은 마천루들이 즐비하다. 저 마천루들 중에 한 곳이 우리의 목적지다. 우리가 무사히 부산에 도착하면 쉴 곳을 마련해주겠다는 지은누나의 선물이었다. 숙소에 도착한 문방랑과 나는 거실 바닥에 뻗어버렸다. 호주머니를 뒤져서 10원짜리를 꺼냈다. 문방랑과 함께 서로를 바라보고 정수리를 향해 10원짜리 동전을 뻗었다. 우리가 태어난 해에 만들어진 10원짜리 동전, 이 10원짜리 동전을 나랑 문방랑이 하나씩 들고 정수리와 함께 홍대에서부터 부산까지 오고 만 것이다.

나라는 존재가 가지고 있는 도전과 열정의 가능성이 가진 가치를 확인하는 순간이었다. 내 청춘이 저 창 밖의 파란하늘처럼 푸르름으로 빛나고 있었다. 가슴 가득 뿌듯함이 차올랐다. 기쁨이 샘솟지만 하하하하 박장대소하는 기쁨은 아니었다. 부모가 자식을 바라보는 흐뭇한 미소와 닮아 있을 거라고 생각했다. 내 안의 부족함을 그대로 받아들이면서도 나를 대견하게 생각하는 그런 마음이었다.

슬픔은 없이 기쁨만 가득한 상태가 행복이 아니다. 행복은 희노애락을 다 끌어안고 있는 것이다.

미친방랑을 하면서 정처 없음에 설레이기도 하면서 동시에 불안해했다. 주린 배를 걱정하며 더위와 싸우다가도 뜻하지 않게 차려진 만찬에 즐거워했고, 잠시 쉬어갈 수 있음에 고마워했다. 우리 셋이 너무도 잘 통한다며 좋아하다가도 서로를 다 이해할 수 없음에 불편해하기도 했다. 그런 모든 과정들이 하나로 모였을 때, 나는 비로소 느낄 수 있었다. 우리 셋의 지난 16일을 관통하고 있는 이 행복함을 말이다. 우리 셋의 희노애락이 하나로 뭉쳐서 지금 내 마음속에 이렇게도 잔잔하지만 분명한 기쁨을 퍼뜨리고 있는 것이다.

길지도 짧지도 않은 16박 17일의 일정이 끝났다.

우리는 '이십원 쁘로젝뜨: 미친방랑'을 성공적으로 해냈다. 할 수 있다는 마음 하나로 홍대에서 20원을 가지고 출발해서 부산까지 무사히 도착했다.

지난 16일간의 기억을 더듬어보고 있자니 참 많은 일들이 있었다.

첫날 우리의 잠자리를 책임져주시고 재미난 에피소드와 삶의 자세에 대해 이야기해주신 미스터 김부터 말도 안 되는 밤의 에피소드 덩어리를 안겨준 아제까지 많은 사람들을 만났다. 그 많은 사람들과의 만남과 에피소드들이 겨우 16일 동안 일어난 일이라니, 우리가 직접 경험한 일이었음에도 잘 믿겨지지가 않았다. 많은 사람들이 우리에게 물었던, '왜 미친방랑을 하는가?'라는 질문은 미친방랑을 통해 '우리는 무엇을 얻었는가?' 하는 자문으로 변해 있었다.

나는 무엇을 얻었을까?

명확하게 무엇을 얻었다고 설명하기가 어렵다. 어떻게 설명해야 할지 모르겠지만 '마주보기'라는 단어가 떠오른다. 모든 것과의 마주보기였다. '이십원 쁘로젝뜨: 미친방랑'은 세상과의 마주보기였다. 문방랑과의 마주보기였으며, 정수리와의 마주보기였다. 좋아하는 것들과의 마주보기였고, 싫어하는 것들과의 마주보기였다. 진심과의 마주보기였다. 두려움과의 마주보기였다. 과거와의 마주보기였으며, 현재와의 마주보기였고, 미래와의 마주보기였다.

그렇다. 삶은 내 안의, 나와의 마주보기였다. 앞으로도 내가 마주해야 할 내 안의 나는 수도 없이 많을 것이다. 하지만 한 가지 확실한 것은 어제의 나보다 오늘의 내가 내 안의 나와 더 당당하게 마주볼 수 있는 마음을 가졌다는 것이다. 그것이 내가 미친방랑을 통해 얻은 가장 큰 가치가 아닐까 싶다.

마주보기는 분명 두려울 수 있다. 그렇다고 해서 마냥 두려워해서는 안 되는 것이다. 그렇게 해서는 삶을 더 나은 상태로 변화시킬 수가 없다. 이 책을 이곳까지 읽은 독자분들은 분명 우리 이십원의 미친방랑을 통해 자신과 마주보기를 할 기회를 가졌을 거라고 믿고 있다. 그 마주보기가 자신의 행복을 향해 한걸음을 내딛는 계기가 되기를 소망한다. 그리고 그 한 걸음 한 걸음이 모여서 우리가 살고 있는 이 세상을 좀 더 행복한 곳으로 만들 수 있는 큰 걸음이 되기를 희망한다. 🖋

마주보기

"마"지막이라 생각하지 말아요.
"주"인은 나잖아요.
"보"고 싶지 않아도 우리 한 번 만나요.
"기"싸움, 다음에 다음에라고 기다리지 말고.

그저, 나를 마주보기

味親芳蘭 미친방랑

그 꿈결 꿈길…
형님, 힘드셨소?

"광섭아, 형 꿈 꿨다."

"무슨 꿈을 꾸셨소?"

"꿈속에서…"

"허허허허~"

이십원 쁘로젝뜨 미친방랑

청춘가
青春歌

어얼 씨구씨구 들어간다
저얼 씨구씨구 들어간다

이빨에 낀 오징어 다리를 빼줄 수 있는 건 가느다란 내 손가락 뿐...
내 껀 내가 뺀다. 뚝!

Ver. 1

난 뭐하고 있나 잘났나 못났나
청승만 넘쳐나 미쳐 나 이런 나
머리도 고생 오장육부 고생
어차피 못할 환생 끝에서 끝까지 가봐야지 인생

고기는 씹어야 맛 말은 해야 맛
인생은 역전해야 마아아앗~
풀린 고삐 동여매고 발목부상 점검하고
가타부타 신경 끄고 어쭈구리 좋았어!

Chor.

어얼 씨구씨구 들어간다 저얼 씨구씨구 들어간다
내가 왔다 또 왔다 죽지도 않고 또 왔다

무궁화 삼천리 화려한 내 인생
꽃보다 화려할 삼돌이 내 인생
시달렸던 겨울 가고 기다렸던 봄이 오면
펼쳐라 인생아 내 인생도 꽃피리라

Ver. 2
얼씨구 얼이 나갔어
머리만 돌리다 나갔어
김씨구 박씨구 뭔씨구 호박씨구
얼씨구 얼이 나갔어
돈이 머~니 돈돈돈 돈깨비에 홀려
허위허식 허허허 허깨비에 홀려
하루하루 두꺼비만 꼬여가서 술고래

그러다 청춘가 그렇게 세월 가면 나만 빈민가?
내가 누군가 칠전팔기 내가 아닌가
칠전팔 칠 육 오 사 삼 쓰리 투 원 레드~~~~~ 똑!
나가 박차고 달릴 때
내가 부르는 청춘가!

Chor.
어얼 씨구씨구 들어간다 저얼 씨구씨구 들어간다
내가 왔다 또 왔다 죽지도 않고 또 왔다

무궁화 삼천리 화려한 내 인생
꽃보다 화려할 삼돌이 내 인생
시달렸던 겨울 가고 기다렸던 봄이 오면
펼쳐라 인생아 내 인생도 꽃피리라

Ver. 3

세쌍 노무 세상, 갑갑 쓰린 세상
불광동의 휘발유도 내 열정을 못 따라와
백두대간 목에 감고 내달리는 맨 발바닥
별거 아닌 세상 한 판 인생 한 판 좋을시고

꼬리치는 암흑의 때! 솟구치는 청춘의 피로
끓여끓여 팔팔끓여 팔팔끓여 끓여팔팔 팔팔팔팔팔팔팔팔팔파빠빠빡밀어 (응?!)
아니끓여 다시끓여 끓여다시 팔팔끓여 인생의 블랙홀을 팔팔팔 끓여버려
암흑이란 껍데기는 수증기로 으아아악!

Chor.

어얼 씨구씨구 들어간다 저얼 씨구씨구 들어간다
내가 왔다 또 왔다 죽지도 않고 또 왔다

무궁화 삼천리 화려한 내 인생
꽃보다 화려할 삼돌이 내 인생
시달렸던 겨울 가고 기다렸던 봄이 오면

펼쳐라 인생아 내 인생도 꽃피리라!

꽃은 핀다. 매운 눈물을 봄비처럼 머금어
청춘의 꽃은 그렇게 피어진다.

기자　앨범 타이틀이 '매운나라' 기가 막힙니다. 어떤 내용을 담고 있나요?

문방랑　네, 제목 그대로 매운나라에 살고 있는 청춘의 고단함을 표현했습니다.

기자　아~ 매운나라에 살고 있는 청춘의 고단함이라. 아직 노래를 듣지 않았는데도 불구하고 노래소리가 귀에 들리는 듯합니다. 이미 공감이 된 걸까요? 이십원 쁘로젝뜨 정말로 대단합니다. 벌써부터 섭외가 물밀듯이 밀려들고 있는데요. 얼마 전 앨범이 발표되기 직전인데도 불구하고 뉴욕에서 러브콜이 왔다구요. 이거는 어떻게 된 일인가요?

문방랑 뉴욕에서 온 러브콜은 현재 뉴욕에서 활동하고 계신 황 감독님으로부터 영화 출연제의를 받았습니다. 김방랑과 함께 출연할 계획입니다.

기자 아! 대단합니다. 벌써부터 기대가 되는데요. 앞으로 계획은 어떻게 되나요?

김방랑 이십원 쁘로젝뜨는 저희가 앞으로 평생 해나갈 것이기 때문에 정말 다양하고, 위트 있고, 섹쉬한 모습들을 많이 보실 수 있게 될 것입니다.

기자 그렇군요! 정말 기대가 됩니다. 진심으로 응원하겠습니다.

김방랑 네, 감사합니다. 이상, 이십원 쁘로젝뜨였습니다.

아니, 이럴 수가!

이십원 쁘로젝뜨가
영화로 만들어져서
부산~ 국제 영화제에 출품되었다고?

위트 있는 상상을 마음껏 즐겨라!

청춘

세상에 쫄지마

한 번 왔다가는 소풍
호기 어릴지언정

'청춘'
그 이름을 마음껏 살자

'청춘'

그 멋진 이름
그 찬란한 춤

마음껏 추어 살자

버선 벗기

　청춘들에게 청춘 그 자체로 아름다운 시절이니 열정을 가지고 도전하라고 말해주고 싶었습니다. 진심으로 자신의 열정을 불태우는 청춘이라면 이룰 수 있다는 것을 보여주고 싶었습니다. 그래서 직접 10원짜리 하나씩 들고 길을 나섰고, 그 경험들을 토대로 청춘들에게 해주고 싶은 이야기를 가슴에 담을 수 있었습니다.

　청춘들을 만날 수 있는 곳이라면 어디든지 달려갈 준비가 되어 있었습니다. 미친방랑을 마치고 서울로 돌아와 우리는 몇 차례의 강연회를 진행했고, 문방랑, 정수리와 함께 20원을 가지고 우리의 진심을 세상과 소통할 수 있는 기회를 만들어나가고 있습니다.

　우리 이십원 쁘로젝뜨는 단발성 프로젝트가 아닙니다. 미친방랑은 이십원 쁘로젝뜨의 첫 프로젝트였습니다. 우리는 계속해서 다양한 방식을 통해 세상의 청춘들을 응원하려고 합니다. 위트 있게, 섹쉬하게, 친구와, 함께, 그렇게 청춘들이 청춘다울 수 있는 세상을 꿈꾸고 있습니다. 언제가 될지 모르지만, 분명하게 다가올 그날을 위해 한 걸음 한 걸음 이십원답게 발걸음을 내딛고 있습니다.

청춘이라는 가능성, 그 힘을 세상에 뿌리고자 합니다.

자신만의 방식대로 자신만의 생각대로 미친방랑을 해보세요.

당신이 가진 청춘의 가능성은 무한하고 세상에서 가장 가치 있고 가장 강력한 무기입니다. 🖋

어떤 시선.

삶을 살아가며 마주하는
어긋남과 정처 없음은

무엇이 꼭 잘못 돌아가고 있는 것만은
아닐 것이다.

사람과의 관계도
어떠한 상황도

많은 가능성을 열어
잠시 내 앞에 툭 던져놓고

바람이 부는 대로
물이 흘러가는 곳으로

어디로 튈지 모르는 럭비공을
재미진 시선으로 바라보듯이

조금 더 여유 있게

바라보는 것도

내가 생각하지 못했고 알지 못하는

삶의 여러 장면을 발견하고 경험할 수 있는

어떤 시선이 아닐까.

큰절

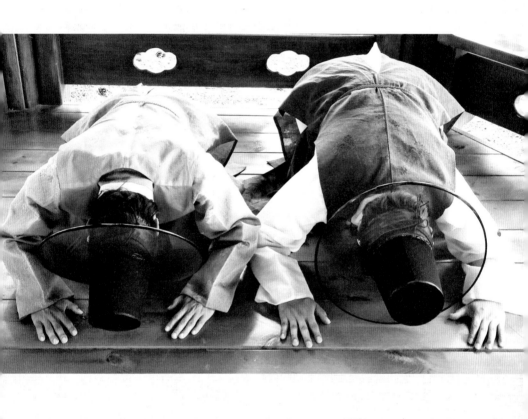

刻骨難忘 (각골난망)

　저렴한 가격에 맞춤한복은 물론이고 공짜로 봇짐까지 만들어주신 광장시장 여의주 전통의상 사장님

　고급 상투머리를 1+1에 주신 광장시장 국악사 사장님

　이십원 쁘로젝뜨 포스터를 만들어준 쫄친 경연이

　땀냄새 나지 말라고 데오도란트 챙겨준 숙빈정씨 정숙빈과 논문요정 강민정

　홍대입구로 출발응원 와주신 컬쳐홀릭 김영훈 대표님

　첫 노잣돈을 준 유니클로 앞에서 만난 낭자

　맥주와 노잣돈 챙겨주신 홍대거리 가리산 처사 형님 두 분

　첫 숙소와 맛있는 저녁을 제공해주신 미스터 김과 사모님

　노잣돈 보태주신 가평역 앞에서 만난 문화공연 관련업 하시는 어느 어르신

　노잣돈 보태주신 가평역 역무원

　얼음물과 음료수를 전해준 춘천행 지하철에서 만난 두 아이와 아이들의 어머니들

　물 좀 달라고 했더니 사장님한테 혼날지도 모른다며 음료수를 챙겨준 춘천역 핫도그 집 알바낭자

시원한 물과 맛있는 떡을 대접해주신 춘천 명동의 황진이떡집 이모

뜻밖의 공연을 선물해준 성수여고 학생회장 학생을 비롯한 1, 2학년 학생들과 선생님들

춘천 공지천에서 치맥을 대접해준 레일바이크 회사 직원들

춘천에서 잘 곳을 챙겨주신 김방랑의 고모 금숙씨

아이들의 순수함을 만나게 해준 남부초등학교 호현군과 그 반 학생들과 선생님

춘천에서 홍천까지 히치하이킹 해주신 바리스타 김군의 어머니

홍천에서 인제까지 히치하이킹 해준 홍천 하이마트에서 근무하시는 김방랑과 동갑인 어느 청년

인제에서의 저녁과 하룻밤 그리고 차량렌트까지 해주신 엄선생님

인제의 양지바른 곳에 잠들어 계신 아버지

인제 장수대에서 한방토종삼계탕을 대접해주신 주인 내외분

인제에서 속초까지 관광버스에 태워주신 어느 학교의 선생님들

속초로 응원 와준 숙빈정씨, 한아름양, 허건수군

홍게찜을 대접해주신 속초 오봉식당 이모님

속초에서 커피 대접해준 웨딩플래너 낭자

노잣돈 보태준 문방랑의 대학동창 형님

저녁과 잘 곳을 대접해주신 속초 어느 초등학교 동창회 형님누님들

때마침 속초에 와 있어서 맥주 대접해주신 정수형 대학후배 누나

영금정 가는 길에 아메리카노 대접해주신 꽁스카페 부부

생애 최고의 물회를 대접해주신 대선횟집 실장님

속초에서 외박 나온 아들과 먹으려던 닭강정을 나눠주신 어느 가족

스쳐지나가며 노잣돈을 건네준 어느 속초인

오징어 3마리 구워주신 속초 건어물가게 주인

술과 보쌈고기를 대접해주신 속초의 어르신들

속초에서 주문진까지 히치하이킹 해준 한국인 여친과 네덜란드 남친

주문진 소돌 해수욕장에서 2박3일을 허락해주신 옛날통닭 형님과 식사를 챙겨준 따님

주문진에서 경포대까지 히치하이킹 해준 어느 젊은이

경포대에서 만나 글 선물을 주신 화백님들

강릉으로 응원와준 리치형, 인배형, 창덕이형

정동진까지 히치하이킹은 물론 이십원 토크쇼 조선기방을 위해 떡까지 보내준 윤화 낭자

삼척까지 히치하이킹은 물론 저녁식사와 잘 곳까지 대접해주신 재동형님과 친구분

삼척에서 우리 혀에 행복을 안겨준 초컬릿을 선물해준 은애쩡

군부대 앞에서 장호항까지 히치하이킹 해준 군인분

장호항의 늦은 밤 체념의 순간 구원의 치맥과 노잣돈을 건네주신 민속촌 커플 형님누님

아침겸 점심(feat.낮술)을 대접해주신 장호항에서 지내시는 어느 형님과 그 조카

장호항에서 임원까지 히치하이킹 해주신 마티즈를 이니셜디의 AE86처럼 운전하시는 드라이버

화목한 모습이 정겨웠던 임원의 건어물집 가족들

두 번의 히치하이킹을 도와주신 해양경찰과 경찰

히치하이킹 하는 우리를 보고 지나쳤다가 다시 되돌아와 울진까지 태워주신 1톤트럭 기사님

울진 5일장에서 닭강정을 대접해주신 욱이네 닭강정의 부부

울진에서 월송정까지 히치하이킹에 저녁까지 대접해주신 어느 고등학교 선생님

16박 17일 중에 클라이막스의 밤을 선물해준 아제와 형님들

한복 입고 응원와준 정숙빈, 강민정, 하지혜 그리고 그녀들을 차로 데려와준 정해우 브로

고래불 해수욕장에서 만난 우릴 그려준 여학생 그리고 음료와 과일을 내주신 여학생의 부모님

점심으로 도로변에서 자장면 먹을 기회를 주신 복숭아 파시는 부부

장사 해수욕장으로 응원와준 정석현 키다리펀딩 대표님, 배디렉터, 황감독 그리고 규담군

3시간 만에 성공한 히치하이킹으로 울산까지 데려다주신 형님

울산에서 부산까지 히치하이킹 해준 정수리의 친구 창석군

부산에서 럭셔리한 잘 곳을 선물해준 김지은3 누나

부산에서 먹거리를 챙겨주신 분들

부산에서 서울까지 히치하이킹을 해준 금새군

청춘들을 위해 좋은 글귀를 선물해주신 최진석 교수님, 이준익 감독님, 남궁연 님, 방대욱 대표님께 특별히 감사의 말을 전합니다.

문정수

많은 도움을 준 매력적인 디자이너 정가람, 필마픽쳐스 한만택 대표님, & SPACE 정동수, 한희원 대표님, 대전 우리가족 영원한 멋쟁이 문주옥 사장님, 싸랑하는 정선경 여사님, 강철태양 진짜사나이 문경수, 아름다운 박미영 형수님, 신동일 감독님, 이창원 감독님, 뉴욕 황득연 감독님, 친구 윤재원 PD, 동상 장승민 PD, 부산집 형님, 엔젤링 윤희씨 & 은주씨, 작곡가 전종언, 세일링드림 김인남 대표, 쓰잘데기종합상사 조원영, 명창 서명희 선생님, 늘 고마운 경하 형, 사랑하는 내 동생 완이, 나민 형, 순배 형, 지호 형, 명배우 류대식, 이음 컨텐츠 가족들

김광섭

세상의 모든 인연들

이정수

같이 스튜디오를 운영 중임에도 이십원 활동을 할 수 있게 도움을 주셨던 이진하 선배, 출발 전 내 짐을 꼼꼼이 같이 챙겨주었던 오래도록 같이 살고 있는 내 친구 김기백, 이십원 방랑 중에도 이후에도 더 크게 도움을 주고 있는 이창석, 프로젝토 범주형, 우리 플러스202 민구 재희 선배, 연남동 패밀리들, 그리고 사랑하는 우리 어머니

그리고 길에서 만난 모든 분들께 이 면을 빌려 깊은 감사를 전합니다.

이십원
쁘로젝뜨
미 친 바 람

ⓒ 문정수 김광섭 이정수 2015

초판 발행 2015년 10월 27일

지은이 문정수 김광섭
사진 이정수
기획 김영훈
펴낸이 김정순
책임편집 오세은
디자인 김수진
마케팅 김보미 임정진 전선경

펴낸곳 (주)북하우스 퍼블리셔스
출판 등록 1997년 9월 23일 제406-2003-055호
주소 121-840 서울시 마포구 양화로 12길 16-9 (서교동 북앤드빌딩)
전자우편 editor@bookhouse.co.kr
홈페이지 www.bookhouse.co.kr
전화번호 02-3144-3123
팩스 02-3144-3121

ISBN 978-89-5605-421-6 03810